De indringer

Michael Morpurgo

De indringer

met tekeningen van René Pullens
vertaald door Tjalling Bos

Uitgeverij Ploegsma Amsterdam

Voor Graham en Isabella

*Met dank aan Isabella Hutchins, Terence Buckler, en professor Seigo
Tanimoto en zijn familie, voor al hun vriendelijke hulp.*

STICHTING NEDERLANDSE
KINDERJURY
2001

AVI 8

ISBN 90 216 1922 9

Oorspronkelijke titel: 'Kensuke's Kingdom'
Verschenen bij: Heinemann, Egmont Children's Books mcmxcix
© Tekst: Michael Morpurgo mcmxcix
© Illustraties: René Pullens mm
Omslagontwerp: Steef Liefting
© Copyright Nederlandse uitgave: Uitgeverij Ploegsma bv,
Amsterdam 2000
Verspreiding in België: C. de Vries-Brouwers bvba, Antwerpen

Inhoud

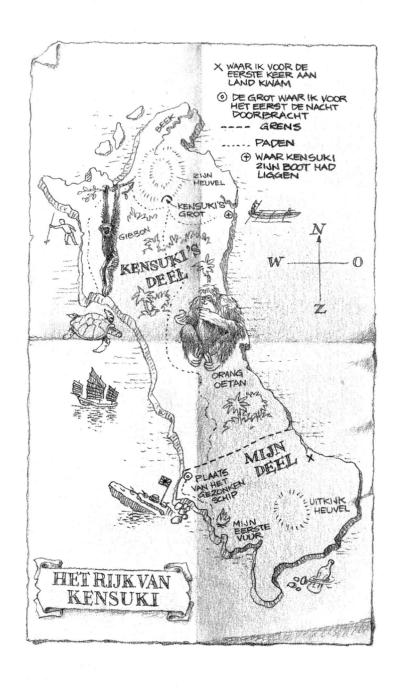

Japanse woorden

あぶない	*Abunai*	Gevaar!
アメリカ人	*Amerikajin*	Amerikaan
だめだ	*Dameda*	Verboden
英国人	*Eikokujin*	Engelsman
ごめんなさい	*Gomenasai*	Het spijt me
おやすみなさい	*Oyasumi nasai*	Goedenacht
さよなら	*Sayonara*	Vaarwel
やめろ	*Yamero*	Stop!

Peggy Sue

Ik verdween op de avond voor mijn twaalfde verjaardag. Dat was 28 juli 1988. En nu pas kan ik eindelijk het hele, ongelooflijke verhaal vertellen, het ware verhaal. Kensuki liet me beloven dat ik niets zou zeggen, helemaal niets, tot er minstens tien jaar voorbij zou zijn. Het was bijna het laatste wat hij tegen me zei. Ik beloofde het, en daarom heb ik met een leugen moeten leven. Ik zou het zo kunnen laten, maar het is nu ruim tien jaar geleden. Ik ben naar school geweest, heb gestudeerd, en ik heb tijd gehad om na te denken. Ik ben het verplicht aan mijn familie en mijn vrienden, die ik allemaal zo lang heb voorgelogen, om de waarheid te vertellen over mijn lange verdwijning, en over mijn terugkeer uit de dood.

Maar er is nog een reden om nu met de waarheid naar buiten te komen. Een veel, veel betere reden. Kensuki was een bijzonder mens, een goed mens, en hij was mijn vriend. Ik wil dat de wereld hem leert kennen zoals ik hem heb gekend.

Tot ik bijna elf was, tot de brief kwam, was mijn leven heel gewoon. We waren met z'n vieren: mijn moeder, mijn vader, ik en Stella – Stella Artois, bedoel ik, mijn zwart-witte schapenhond met één hangend en één rechtopstaand oor, die altijd leek te weten wat er ging gebeuren voordat het zover was.

9

Maar zelfs zij kon niet weten hoe die brief ons leven voorgoed zou veranderen.

Nu ik eraan terugdenk, was mijn kindertijd eigenlijk heel geregeld, bijna eentonig. Elke ochtend liep ik de weg af naar de 'apenschool'. Zo noemde mijn vader hem, omdat de kinderen gilden en krijsten en ondersteboven aan het klimrek hingen op de speelplaats. Mij noemde hij trouwens 'apenkop', als hij in een vrolijke bui was, en dat was vaak. De school heette in werkelijkheid het Sint-Jozef, en ik was er gelukkig – het grootste deel van de tijd tenminste. Elke dag na school, weer of geen weer, ging ik naar het sportveld om te voetballen met Eddie Dodds, mijn beste vriend van de hele wereld, en Matt en Bobby en de anderen. Het veld was erg modderig. Als je een hoge pass gaf, bleef de bal gewoon liggen waar hij neerkwam. We hadden een eigen elftal, de Trappers noemden we onszelf, en we waren best goed. Bezoekende elftallen schenen om een of andere reden te verwachten dat de bal zou opstuiten, en voordat ze erachter kwamen dat dat niet zo was, stonden we vaak al twee of drie doelpunten voor. In uitwedstrijden waren we niet zo goed.

Elk weekend bezorgde ik reclamefolders voor de winkel op de hoek. Ik spaarde voor een mountainbike. Ik wilde samen met Eddie gaan mountainbiken op de hei. Het probleem was dat ik altijd uitgaf wat ik had gespaard. Dat doe ik nog steeds.

Zondagen waren altijd bijzonder, weet ik nog. We gingen met zijn allen zeilen op het stuwmeer, in een kleine zeilboot. Stella Artois blafte zich schor tegen de andere boten, alsof die daar niet mochten zijn. Mijn vader genoot, zei hij, omdat de lucht helder en schoon was, zonder stofwolken – hij werkte in de steenfabriek. Hij was een fanatieke doe-het-zelver. Er was niets dat hij niet kon repareren, zelfs al was het niet kapot. Dus een boot was echt iets voor hem. Mijn moeder, die een deeltijdbaan had op het kantoor van dezelfde steenfabriek, vond het ook heerlijk. Ik herinner me hoe ze een keer haar hoofd achterover in de wind wierp en diep inademde, terwijl ze aan het roer zat. „Dit is leven," riep ze uit. „Zo moet het leven zijn. Heerlijk!" Ze droeg altijd de blauwe pet. Zij was de schipper, er was geen twijfel mogelijk. Als er ergens wind was, wist ze hem te vinden en in de zeilen te vangen. Ze had er een neus voor.

We hadden heerlijke dagen op het water. We voeren ook uit als het ruw weer was en niemand anders ging zeilen. We stoven over de golven en kregen een blij en opgewonden gevoel doordat we zo hard gingen. Maar we vonden het ook niet erg als er geen zuchtje wind was. Soms waren we dan de enige boot op het hele meer. We zaten wat te vissen – daarin was ik trouwens het beste – en Stella Artois lag opgerold achter ons in de boot. Ze vond er niets aan omdat er niemand was om tegen te blaffen.

Toen kwam de brief. Stella Artois had hem te pakken gekregen toen hij door de brievenbus viel. Er zaten bijtgaatjes in en hij was nat, maar we konden nog genoeg lezen. De steenfabriek ging dicht. Mijn ouders zouden allebei ontslagen worden.

Aan het ontbijt heerste die ochtend een vreselijke stilte. Daarna gingen we 's zondags nooit meer zeilen. Ik hoefde niet te vragen waarom. Ze probeerden allebei een andere baan te vinden, maar het lukte niet.

Er hing een akelige stemming in huis. Soms als ik uit school kwam, praatten ze niet met elkaar. En ze maakten veel ruzie over kleinigheden. Dat hadden ze nooit gedaan. Mijn vader deed geen karweitjes meer in huis. Hij was bijna nooit thuis. Als hij niet op zoek was naar een baan, zat hij in het café. En als hij wel thuis was, zat hij eindeloos in zeiltijdschriften te bladeren en zei niets.

Ik probeerde zoveel mogelijk buiten te blijven en te voetballen. Maar toen verhuisde Eddie, omdat zijn vader ergens in het zuiden een baan had gevonden. Zonder hem was er niet veel meer aan. De Trappers hielden op te bestaan. Niets bleef zoals het was.

Toen ik op een zaterdag thuiskwam na het bezorgen van de reclamefolders, zat mijn moeder onder aan de trap te huilen. En ze was altijd zo sterk geweest. Zo had ik haar nog nooit gezien.

„Wat een stommeling," zei ze. „Je vader is een stommeling, Michael. Echt waar."

„Wat heeft hij gedaan?" vroeg ik.

„Hij is ervandoor," zei ze, en ik dacht dat ze voorgoed bedoelde. „Hij wilde niet luisteren. Nee hoor. Hij had een plan, zei hij. Hij wilde me niet vertellen wat het was. Alleen dat hij de auto had verkocht en dat we naar het zuiden gaan verhuizen. Hij zou een huis voor ons zoeken." Ik was opgelucht, en eigenlijk ook blij. Het zuiden was vast dichter bij Eddie. „Als hij denkt dat ik dit huis verlaat, heeft hij zich mooi vergist," zei mijn moeder.

„Waarom?" vroeg ik. „Wat is er hier nou?"

„Het huis, om te beginnen. En oma, en je school."

„Er zijn zoveel scholen," zei ik. Toen werd ze razend. Zo boos had ik haar nog nooit gezien. „Weet je wat de laatste druppel was?" zei ze. „Jij, Michael, toen je vanochtend wegging om folders te bezorgen. Weet je wat je vader zei? Zal ik het je vertellen? 'Het is toch niet te geloven,' zei hij. 'Hij is de enige hier in huis die iets verdient – Michael, met zijn folders. Hoe denk je dat ik dat vind? Mijn zoon van elf heeft een baan, en ik niet.'"

Voordat ze verder praatte, wachtte ze even om wat te kalmeren. Haar ogen stonden vol woedende tranen. „Ik verhuis niet, Michael. Ik ben hier geboren. En ik ga niet weg. Wat hij ook zegt, ik ga hier niet weg."

Ik was thuis toen er ongeveer een week later werd opgebeld. Ik wist dat het mijn vader was. Mijn moeder zei heel weinig. Dus begreep ik niet waarover het ging, tot ze me na afloop op een stoel zette en het vertelde.

„Hij klinkt anders, Michael. Zoals vroeger, bedoel ik. Zoals heel lang geleden, toen ik hem pas kende. Hij heeft een huis voor ons gevonden. 'Pak je spullen en kom hierheen,' zei hij. Naar Fareham. Ergens in de buurt van Southampton. 'Pal aan zee,' zei hij. Hij is erg veranderd, geloof me."

Mijn vader leek inderdaad een ander mens. Hij wachtte ons op toen we uit de trein stapten. Zijn ogen glinsterden weer en hij lachte telkens. Hij hielp ons met de koffers. „Het is niet ver," zei hij, terwijl hij me door mijn haar streek. „Wacht maar tot je het ziet, apenkop. Ik heb het allemaal voor elkaar.

13

Jullie hoeven niet te proberen om het me uit mijn hoofd te praten. Mijn besluit staat vast."

„Wat voor besluit?" vroeg ik.

„Dat zul je wel zien," zei hij.

Stella Artois rende speels voor ons uit, met haar staart hoog in de lucht. We hadden allemaal een uitgelaten gevoel, geloof ik.

Uiteindelijk namen we toch de bus, omdat de koffers te zwaar waren. Toen we uitstapten, waren we vlak bij zee. Ik zag nergens huizen. Alleen een jachthaven.

„Wat doen we hier?" vroeg mijn moeder.

„Ik wil jullie aan iemand voorstellen. Een goede vriendin van me. Ze heet Peggy Sue. Ze wil jullie graag leren kennen. Ik heb haar veel over jullie verteld."

Mijn moeder fronste haar wenkbrauwen en keek me verbaasd aan. Ik begreep er ook niets van. Maar ik wist wel dat hij met opzet geheimzinnig deed.

We sjouwden verder met onze koffers. Boven ons hoofd krijsten de meeuwen, om ons heen klapperden de touwen tegen de masten van de zeilboten, en Stella kefte naar alles. Eindelijk bleef mijn vader staan bij de loopplank van een glanzende donkerblauwe zeilboot. Hij zette de koffers neer en keek ons aan. Hij grijnsde breed.

„Dit is ze," zei hij. „Mag ik jullie voorstellen? De 'Peggy Sue'. Ons nieuwe huis. Nou?"

Alles bij elkaar nam mijn moeder het nog vrij goed op. Ze schreeuwde niet tegen hem. Ze werd alleen heel stil, en ze bleef stil tijdens zijn hele uitleg bij een kop thee in de kombuis.

„Het was geen bevlieging. Ik heb er vaak over gedacht, al die jaren dat ik in de fabriek heb gewerkt. Nou ja, misschien was het in die tijd alleen een droom. Het is eigenlijk raar: als ik mijn baan niet was kwijtgeraakt, zou ik het nooit gedurfd hebben. Van zijn leven niet." Hij begreep dat hij niet erg duidelijk was. „Nou ja. Weet je wat ik dacht? Wat doen we allemaal het liefst? Zeilen, toch? Zou het niet geweldig zijn, dacht ik, als we gewoon konden uitvaren voor een reis om de wereld? Er zijn mensen die het hebben gedaan. Oceaanzeilen, noemen ze dat. Ik heb er zo vaak over gelezen in tijdschriften. Eerst was het gewoon een droom, zei ik al. Maar nu hebben we geen werk, en geen kans op werk. Waarom zouden we dan geen boot kopen? We hebben onze afvloeiingspremie, al is dat niet veel. We hebben wat spaargeld, en het geld van de auto. Geen fortuin, maar wel genoeg. Wat moeten we ermee doen? Ik kan het op de bank zetten, zoals de anderen. Maar waarvoor? Om te kijken hoe het langzaam verdwijnt, tot er niets meer over is? We zouden er ook iets heel bijzonders mee kunnen doen, dacht ik, iets waarvoor je maar één keer in je leven de kans krijgt: we zouden rond de wereld kunnen zeilen. Afrika. Zuid-Amerika. Australië. De Grote Oceaan. We zouden plaatsen kunnen zien waarvan we zelfs niet hebben durven dromen."

We konden geen woord uitbrengen. „O, ik weet wat jullie denken," ging hij verder. „Jullie denken: we hebben alleen maar op het meer gezeild in een open zeilboot. Jullie denken: hij is gek geworden, niet goed bij zijn hoofd. Jullie denken:

het is gevaarlijk en aan het eind zijn we blut. Maar ik heb alles goed overdacht. Ik heb zelfs aan oma gedacht. Hoe vind je dat? We blijven niet eeuwig weg. Ze is er heus nog wel als we terugkomen. Ze is kerngezond.

We kunnen het betalen, ik heb het uitgerekend. We gaan zes maanden oefenen en we blijven een jaar weg. Misschien anderhalf jaar, als het geld zo lang meegaat. We doen het veilig, en goed. Mam, jij gaat je schippersdiploma halen. O, heb ik dat niet gezegd? Nee hè? Jij wordt de schipper, mam. Ik word eerste stuurman en manusje-van-alles. Michael, jij bent scheepsjongen, en Stella – Stella mag de scheepskat zijn." Hij ratelde maar door en raakte buiten adem van opwinding. „We oefenen tot we het kunnen. We maken een paar tochten over het Kanaal naar Frankrijk, en misschien naar Ierland. We zullen deze boot leren kennen alsof ze één van ons is. Ze is ruim twaalf meter. Ze is heel goed gebouwd, volgens het beste ontwerp. De veiligste boot die er is. Ik heb mijn huiswerk gedaan, hoor. Over zes maanden beginnen we aan onze reis om de wereld. Het wordt een uniek avontuur. Onze grote kans. Die krijgen we nooit meer. Wat vinden jullie ervan?"

„Fan… tas… tisch," zei ik ademloos, en dat was precies wat ik ervan vond.

„Ik word de schipper, zeg je?" vroeg mijn moeder.

„Aiai, kapitein." Mijn vader lachte en salueerde.

„Hoe moet het met Michaels school?" ging ze verder.

„Daar heb ik ook aan gedacht. Ik heb het gevraagd in de school hier. Het is allemaal geregeld. We nemen alle boeken mee die hij nodig heeft. Ik geef hem les. Jij geeft hem les. En

zichzelf les. Ik zal je wat vertellen: in een paar jaar
rt hij meer dan hij ooit zou leren op die apenschool
Geloof me."
Ze nam een slokje thee en knikte langzaam. „Goed," zei ze,
en ik zag dat ze glimlachte. „Waarom niet? Doe het maar.
Koop haar. Koop de boot."
„Dat heb ik al gedaan," zei mijn vader.

Het was natuurlijk waanzin. Dat wisten ze, en ik wist het ook.
Maar het gaf niet. Achteraf gezien moet het een soort inspi-
ratie zijn geweest die voortkwam uit wanhoop.
Iedereen probeerde het ons uit het hoofd te praten. Oma
kwam op bezoek en bleef aan boord. Het was volslagen bela-
chelijk, zei ze. Roekeloos. Onverantwoordelijk. Ze voorspel-
de de vreselijkste rampen. IJsbergen, orkanen, zeerovers, walvissen, mammoettankers, reuzengolven – ze noemde alle
gevaren die ze kon bedenken, om mij bang te maken en zo
mijn vader en moeder af te schrikken. Het lukte haar inderdaad om me doodsangsten aan te jagen, maar ik liet het niet
merken. Ze begreep niet dat wij drieën al in de greep waren
van een gezamenlijke gekte. We gingen, en niets of niemand
kon ons tegenhouden. We deden wat mensen in sprookjes
doen. We gingen op avontuur.
In het begin liep het allemaal min of meer volgens mijn vaders plan. Alleen duurde het oefenen veel langer. We ont-
dekten algauw dat varen in een zeiljacht van twaalf meter niet
hetzelfde was als zeilen in een open bootje maar dan groter.
We kregen les van een oude zeeman van de jachtclub, die Bill

Parker heette. Hij had grote bakkebaarden en we noemden hem meestal 'Zeepok', maar niet waar hij bij was, natuurlijk. Hij was twee keer rond Kaap Hoorn gevaren en had ook twee keer in zijn eentje de Atlantische Oceaan overgestoken, en hij was 'vaker naar de overkant van het Kanaal geweest dan jij warm eten hebt gehad, knul'.

Eerlijk gezegd vonden we hem geen van allen erg aardig. Hij was een harde leermeester. Stella en mij behandelde hij met dezelfde minachting. Dieren en kinderen vond hij maar lastig, en aan boord van een schip helemaal. Daarom bleef ik zoveel mogelijk uit zijn buurt, en Stella Artois ook.

Maar Zeepok wist wel waar hij het over had. Tegen de tijd dat hij met ons klaar was, en mijn moeder haar schippersdiploma had gehaald, hadden we het gevoel dat we overal naartoe konden varen met de 'Peggy Sue'. Hij had ons een heilig ontzag voor de zee bijgebracht, maar tegelijkertijd hadden we er vertrouwen in dat we bijna alles aankonden waarmee de zee ons kon bedreigen.

Begrijp me goed, er waren momenten dat ik verstijfd was van angst. Zwijgend deelden mijn vader en ik onze doodsangsten. Als er een zeven meter hoge, groene muur van zeewater op je afkomt, kun je niet meer doen alsof je niet bang bent, merkte ik. We doken in golfdalen die zo diep waren dat we dachten dat we er nooit meer uit zouden komen. Maar het lukte, en hoe meer angsten en stormen we doorstonden, hoe meer vertrouwen we kregen in onszelf en de boot.

Mijn moeder toonde zelfs geen spoortje angst. Zij en de 'Peggy Sue' sleepten ons door de ergste ogenblikken. Maar ze was wel af en toe zeeziek, en wij nooit. Gelukkig maar. We leefden allemaal boven op elkaar, en ik kwam er algauw achter dat ouders meer zijn dan alleen ouders. Mijn vader werd mijn vriend, mijn scheepsmakker. We gingen op elkaar vertrouwen. En mijn moeder... Ik moet toegeven dat ik niet wist dat ze het in zich had. Ik had altijd geweten dat ze flink was en met iets doorging tot ze ermee klaar was. Maar nu zat ze dag en nacht over haar boeken en kaarten gebogen, tot ze alles wist en kon. Ze hield nooit op. Soms was ze wel een beetje een tiran als we de boot niet piekfijn in orde hielden, maar dat vonden mijn vader en ik niet zo erg, al deden we wel alsof. Zij was de schipper. Zij zou ons de wereld rond varen, en weer naar huis. We hadden groot vertrouwen in haar. We waren trots op haar. Ze was geweldig. En ik moet zeggen dat de scheepsjongen en de eerste stuurman ook behoorlijk goed waren aan de lieren en het roer, en in de kombuis waren we meesters met de witte bonen in tomatensaus. We vormden een geweldig team.

Op 10 september 1987 – ik weet de datum omdat het logboek hier voor me ligt, terwijl ik schrijf – was de 'Peggy Sue' tot in alle hoeken en gaten volgeladen met voorraden en eten. We waren eindelijk klaar om de zeilen te hijsen voor ons grote avontuur, onze wereldreis.

Oma was er om ons uit te zwaaien. Ze huilde de hele tijd en wilde uiteindelijk zelfs met ons mee naar Australië. Ze had altijd al koala's willen zien in het wild. Er waren ook veel vrienden van ons, en zelfs Zeepok was erbij. Eddie Dodds kwam samen met zijn vader. Toen we losgooiden, wierp hij me een voetbal toe. „Die brengt geluk," riep hij. Toen ik de bal later bekeek, zag ik dat hij er zijn handtekening op had gezet, alsof hij een beroemde voetballer was.

Stella Artois blafte voor het laatst naar iedereen, en naar elke boot die we op de Solent passeerden. Maar toen we langs het eiland Wight de zee op voeren, werd ze vreemd stil. Misschien begreep ze net als wij dat er nu geen weg terug meer was. Dit was geen droom. We gingen rond de wereld varen. Het was echt, helemaal echt.

Water, overal water

Ze zeggen dat tweederde van het aardoppervlak bedekt is met water. Daar lijkt het inderdaad op als je op zee bent, en het voelt ook zo. Zeewater, regenwater – het is allemaal nat. Het grootste deel van de tijd was ik nat tot op mijn huid. Ik droeg de juiste kleren – daar zorgde de schipper wel voor – maar het water kwam er toch doorheen.

Ook onderdeks was alles vochtig, zelfs de slaapzakken. Alleen als de zon scheen en de deining was verminderd, konden we beginnen met drogen. Dan sleepten we alles aan dek, en algauw hing de 'Peggy Sue' helemaal vol. Ze was van boeg tot achtersteven één grote waslijn. Weer droog zijn was een grote luxe, maar we wisten altijd dat het niet lang kon duren.

Je denkt misschien dat er aan boord niet veel te doen was voor drie mensen, dag in dag uit, wekenlang. Maar dan vergis je je. Overdag hoefden we ons geen moment te vervelen. Ik werd aldoor beziggehouden: schoten aanhalen of vieren, zeilen binnenhalen, aan het roer staan – dat vond ik geweldig – of mijn vader helpen met al zijn karweitjes en reparaties. Hij had vaak een extra paar handen nodig om iets vast te houden terwijl hij boorde, hamerde, schroefde of zaagde. En ik was eeuwig aan het dweilen, thee zetten, wassen en drogen. Ik zou liegen als ik zei dat ik het allemaal leuk vond. Maar ik hoefde me geen moment te vervelen.

Er was maar één bemanningslid dat mocht niksen: Stella Artois. Die deed nooit iets. Op volle zee was er weinig om tegen te blaffen en bij slecht weer lag ze opgerold op mijn bed in de kajuit. Maar als het mooi, rustig weer was, zat ze meestal op het voordek op wacht. Ze keek om zich heen of ze iets anders zag dan zee. Je kon ervan op aan dat ze het meteen ontdekte als er iets bijzonders was: een escorte van bruinvissen die in en uit de golven doken, of een groep dolfijnen die naast de boot meezwom, zo dichtbij dat je ze kon aanraken. Walvissen, haaien, schildpadden – we zagen ze allemaal. Mijn moeder maakte foto's en video-opnamen, terwijl mijn vader en ik om de verrekijker vochten. Stella Artois was in haar element. Als een echte herdershond blafte ze bevelen naar de bewoners van de zee, alsof ze ze omhoog kon drijven uit de diepten.

Hoewel we ons soms aan Stella ergerden – ze kwam overal met haar natte stank – hadden we er nooit spijt van dat we haar hadden meegenomen. Ze was onze grootste troost. Als de zee ons woest heen en weer smeet en mijn moeder zich doodziek voelde, ging ze lijkbleek in de kajuit zitten met Stella op schoot, en dan knuffelden ze elkaar. En als ik bang was voor de huizenhoge golven en de gierende wind, kroop ik met Stella in mijn kooi, begroef mijn gezicht in haar nek en hield haar stevig vast. Op zulke momenten – ik geloof niet dat het zo heel vaak voorkwam, maar ik herinner het me maar al te goed – hield ik Eddie's voetbal ook altijd dicht bij me.

De voetbal was een soort talisman voor me geworden, die geluk moest brengen, en het leek of het echt hielp. Elke storm ging uiteindelijk liggen, en na afloop waren we er nog. We leefden en we dreven.

Ik had gehoopt dat mijn vader en moeder de plannen voor mijn lessen helemaal zouden vergeten. In het begin leek het erop. Maar toen we eenmaal een paar stormen hadden doorstaan en de reis echt begonnen was, kwamen ze met de onaangename mededeling. Of het me beviel of niet, ik moest ervoor zorgen dat ik bijbleef met mijn schoolwerk. Mijn moeder was onvermurwbaar.

Ik begreep dat het geen zin had om een beroep te doen op mijn vader. Hij haalde zijn schouders op en zei: „Mama is de schipper." En dat was dat. Thuis was ze mijn moeder en kon ik proberen gelijk te krijgen. Maar niet aan boord van de 'Peggy Sue'. Het was een samenzwering. Ze hadden met zijn tweeën een heel programma voor me bedacht. Er waren wiskundeboeken om door te werken. Als ik iets niet begreep, zou mijn vader me daarbij helpen, zei hij. Voor aardrijkskunde en geschiedenis moest ik zoveel mogelijk uitzoeken en opschrijven over de landen die we aandeden op onze reis om de wereld. En voor biologie moest ik alle vogels, dieren en planten die we zagen, beschrijven en tekenen.

Mijn moeder wilde me beslist ook navigatieles geven. „Zeepok heeft het mij geleerd," zei ze, „en nu leer ik het jou. Ik weet dat het voor school niet hoeft, maar daar gaat het niet om. Misschien heb je er wat aan. Je weet maar nooit." Ze leerde me de sextant te gebruiken, onze positie te bepalen en een koers uit te zetten op de kaart. Elke ochtend en avond, zonder één keer over te slaan, moest ik de geografische lengte en breedte van onze positie invullen in het logboek.

Ik geloof niet dat ik daarvóór ooit echt naar de sterren had

gekeken. Maar als ik nu 's nachts de wacht had en in de kuip zat terwijl de 'Peggy Sue' op haar zelfstuurinrichting voer en de anderen binnen lagen te slapen, waren de sterren mijn enige gezelschap. Als ik omhoogkeek, had ik soms het gevoel dat we de laatste mensen waren op de hele aarde. Alleen wij waren er nog, en de donkere zee om ons heen en de miljoenen sterren boven ons.

's Nachts tijdens mijn wacht maakte ik vaak mijn 'opstellen'. Ik hield een soort eigen logboek bij. Ik hoefde het niet aan mijn vader en moeder te laten zien, maar ze moedigden me aan om er eens in de paar weken in te schrijven. Dan had ik een eigen verslag van onze reis, zeiden ze.

Op school was ik nooit erg goed geweest in opstellen. Ik wist niet wat ik moest schrijven, of hoe ik moest beginnen. Maar op de 'Peggy Sue' merkte ik dat ik gewoon mijn logboek kon openslaan en beginnen te schrijven. Er was altijd zo veel dat ik wilde zeggen. Ja, dat is het. Ik merkte dat ik het eigenlijk helemaal niet schreef. Ik zéí het. Ik praatte vanuit mijn hoofd, omlaag door mijn arm, door mijn vingers en het potlood, en zo op het papier. Nu ik het jaren later teruglees, klinkt het ook zo, alsof ik mezelf hoor praten.

Ik kijk nu naar mijn logboek. Het papier is gekreukeld en de bladzijden zijn vergeeld van ouderdom. Mijn kriebelige letters zijn een beetje verbleekt, maar het meeste is nog goed leesbaar. Hier volgen een paar stukjes uit het logboek. Ze zijn niet lang, maar ze vertellen wat er is gebeurd. Zo heb ik onze grote tocht opgeschreven. Zo was het voor een jongen van elf, toen we met de 'Peggy Sue' de wereldzeeën bevoeren.

Het logboek

20 september
Het is vijf uur 's ochtends. Ik heb de wacht en zit in de kuip.
Er is niemand anders wakker. We zijn tien dagen geleden
vertrokken uit Southampton. Het Kanaal was vol tankers. We
zagen er tientallen en ze voeren overal. Daarom hielden papa
en mama de eerste twee nachten om beurten de wacht. Ik mocht
het niet. Ik weet niet waarom. Er was geen mist en mijn ogen
zijn net zo goed als die van hen.

We waren van plan ongeveer 200 zeemijl per dag te varen.
Dat is een snelheid van ruim acht knopen. Maar de eerste week
mochten we blij zijn als we op een dag vijftig mijl haalden.

Zeepok had ons gewaarschuwd voor de Golf van Biskaje.
Dus verwachtten we dat het heel erg zou zijn, en dat was het
ook. Windkracht 9, en soms 10. Dat is een zware storm. We
werden heen en weer gesmeten. Ik dacht dat we zouden zinken.
Dat dacht ik echt. Een keer toen we bovenkwamen op de top
van een golf, zag ik dat de boeg van de 'Peggy Sue' recht naar
de maan wees. Het leek of ze ging vliegen. Toen werden we
aan de andere kant van de golf zo hard omlaag gesmeten dat ik
dacht dat we zouden vergaan. Het was erg. Afschuwelijk,
bedoel ik, echt afschuwelijk. Maar de 'Peggy Sue' bleef heel en
we haalden Spanje.

Mama snauwt soms tegen ons, als we iets niet goed doen.

Maar papa schijnt dat niet erg te vinden, hier op zee. Hij
knipoogt naar me en dan gaan we gewoon door met ons werk.
Ze schaken vaak samen, als de zee kalm genoeg is. Tot nu toe
staat papa voor. Hij heeft vijf keer gewonnen, en mama drie
keer. Mama zegt dat het haar niet kan schelen, maar dat is
niet waar. Dat kan ik zien.

We zijn maar een paar dagen in La Coruña gebleven.
Mama heeft veel geslapen. Ze was heel moe. Papa heeft aan de
roerkabel gewerkt terwijl we in de haven lagen. Maar hij is er
nog niet tevreden over. Twee dagen geleden zijn we naar de
Azoren vertrokken.

Gisteren was de beste zeildag die we hebben gehad. Harde
wind, een blauwe hemel en een warme zon om alles te drogen.
Mijn blauwe korte broek woei van de waslijn in zee. Maar het
geeft niet. Ik vond hem toch niet fijn. Vanmiddag zagen we
overal om ons heen jan-van-genten in zee duiken. Het was
geweldig. Stella Artois werd helemaal gek.

De witte bonen komen nu al mijn neus uit, en er zijn nog
een heleboel blikken.

11 oktober
Vandaag heb ik Afrika gezien! Het was in de verte, maar
mama zei dat het echt Afrika was. We varen langs de westkust
naar het zuiden. Mama heeft het me laten zien op de kaart. De
wind neemt ons een paar honderd mijl mee langs de kust en
dan de Atlantische Oceaan over naar Zuid-Amerika. We
mogen niet te veel afdrijven, want dan komen we in de
Doldrums terecht. Daar is helemaal geen wind. Je kunt er

wekenlang blijven ronddobberen, en misschien wel voor altijd.
Het is de heetste dag die we hebben gehad. Papa's gezicht is
knalrood, en de randen van zijn oren vervellen. Ik ben meer
notenkleur, net als mama.

Vanochtend vroeg heb ik vliegende vissen gezien. Stella ook.
Later zag mama aan bakboord een haai. Ze dacht dat het een
reuzenhaai was. Ik pakte de verrekijker, maar ik heb hem niet
gezien. Mama zei dat ik het toch moest opschrijven in mijn
biologieschrift, met een tekening erbij. Ik heb ze opgezocht in
een boek. Reuzenhaaien zijn heel groot, maar ze eten geen
mensen. Alleen kleine vissen en plankton. Ik vind tekenen leuk.
Mijn beste tekening tot nu toe is van een vliegende vis.

Ik heb Eddie een kaart gestuurd vanaf de Kaapverdische
Eilanden. Ik wou dat hij hier was. Dan konden we lol maken.

Stella vindt het leuk om in de kajuit achter de voetbal aan te
zitten en erbovenop te springen. Op een dag maakt ze hem lek.
Dat kan niet anders.

Papa is een beetje somber en mama is op bed gaan liggen. Ze
heeft hoofdpijn, zegt ze. Ik denk dat ze ruzie hebben gehad. Ik
weet niet precies waarover, maar ik denk dat het over schaken
ging.

16 november
We hebben net Recife verlaten. Dat ligt in Brazilië. We zijn er
vier dagen geweest. We moesten veel repareren aan de boot. Er
was iets mis met de windgenerator en de roerkabel hapert nog.

Ik heb in Brazilië gevoetbald! Hoe vind je dat, Eddie? Ik
heb in Brazilië gevoetbald, met jouw geluksvoetbal. Papa en ik

trapten een balletje op het strand, en voor we het wisten,
kwamen een stuk of tien jongens meedoen. Het was een echte
wedstrijd. Papa organiseerde het. We kozen partijen. Ik
noemde mijn elftal de Trappers en hij dat van hem Brazilië.
Toen wilden ze natuurlijk allemaal bij hem spelen. Maar
mama deed met mij mee en wij hebben gewonnen. De
Trappers – Brazilië: 5-3. Na afloop nodigde mama de jongens
uit om aan boord cola te komen drinken. Stella gromde naar ze
en liet haar tanden zien, daarom moesten we haar opsluiten in
de kajuit. Ze probeerden Engels te praten tegen ons. Maar de
enige twee woorden die ze kenden waren: 'Goal' en
'Manchester United'. O nee, dat zijn er drie.

   Mama heeft de fotorolletjes laten ontwikkelen. Er is een foto
van springende dolfijnen, en een van mij aan een lier. Een
van mama aan het roer, en een van papa die het grootzeil
strijkt en er een puinhoop van maakt. Er is een foto van mij
waarop ik van een rots in zee duik, toen we bij de Canarische
Eilanden waren. En er is er een waarop papa aan dek in de
zon ligt te slapen en mama giechelend de zonnecrème
omhooghoudt om die op zijn buik te spuiten. (Die heb ik
genomen. Het is mijn beste foto.) En er is er ook nog een van
mij terwijl ik sommen maak. Ik trek een lelijk gezicht en steek
mijn tong uit.

25 december
Kerstmis op zee. Papa heeft kerstliedjes gevonden op de radio.
We hebben de kerstcake gegeten die oma voor ons had gemaakt.
Ik heb papa en mama allebei een tekening gegeven. Papa die

van de vliegende vis, en mama een van de kapitein met haar pet op aan het roer. Ik heb een mooi mes gekregen dat ze in Rio hadden gekocht. Dus heb ik hun een munt teruggegeven. Dat moet je dan doen, anders brengt het ongeluk.

Toen we in Rio waren, hebben we de 'Peggy Sue' een goede poetsbeurt gegeven. Ze zag er een beetje smoezelig uit, van binnen en van buiten. Maar nu niet meer. We hebben een heleboel eten en water aan boord gehaald voor de lange oversteek naar Zuid-Afrika. Mama zegt dat het goed gaat, als we maar in het zuiden blijven, in de Zuid-Atlantische stroom van west naar oost.

Een paar dagen geleden zijn we langs de zuidkant van een eiland gekomen dat Sint-Helena heet. We zijn gewoon doorgevaren. Er is daar niet veel te zien. Het is alleen de plaats waar ze Napoleon naartoe hebben verbannen. Hij is er ook gestorven. Een eenzame plek om dood te gaan. Natuurlijk moest ik toen voor geschiedenis een werkstuk maken over Napoleon. Ik heb hem opgezocht in de encyclopedie. Eigenlijk vond ik het best interessant, maar dat heb ik hun niet verteld.

Stella ligt te mokken in mijn kooi. Misschien omdat niemand haar een kerstcadeau heeft gegeven. Ik heb haar een hapje aangeboden van oma's kerstcake, maar ze rook er nauwelijks aan. Gelijk heeft ze.

Ik heb vandaag een zeil gezien, van een ander jacht. We riepen 'Vrolijk kerstfeest!' en zwaaiden, en Stella blafte als een bezetene, maar ze waren te ver weg. Toen het zeil verdween, voelde de zee plotseling heel leeg aan.

Mama heeft vanavond gewonnen met schaken. Ze staat nu

voor met 21-20. Papa zei dat hij haar had laten winnen omdat het Kerstmis is. Ze maken er grapjes over, maar ze willen allebei echt winnen.

1 januari 1988
Weer Afrika! Kaapstad. De Tafelberg. En ditmaal varen we er niet alleen langs. We gaan de haven in. Dat hebben ze me vanavond verteld. Ze wilden het niet eerder vertellen, omdat we het misschien niet zouden kunnen betalen, maar dat kunnen we wel. We blijven een paar weken. We gaan naar wilde olifanten en leeuwen kijken. Ik kan het bijna niet geloven. Zij ook niet, volgens mij. Toen ze het me vertelden, waren ze net een stel kinderen, zo vrolijk. Zo waren ze thuis nooit. Nu glimlachen ze echt naar elkaar.

Mama heeft last van buikkrampen. Papa wil dat ze in Kaapstad naar een dokter gaat, maar ze doet het niet. Ik denk dat het door de bonen komt. Gelukkig zijn die eindelijk op. Maar nu hebben we vanavond sardines gegeten. Jakkes!

7 februari
We zijn een paar honderd mijl uit de kust op de Indische Oceaan en dan gebeurt er dit. Stella komt bijna nooit aan dek, behalve als de zee spiegelglad is. Ik weet niet waarom ze nu wel naar buiten was gekomen. Ik weet niet waarom ze daar was. We waren allemaal druk bezig, denk ik. Papa was thee aan het zetten in de kombuis en mama zat aan het roer. Ik had navigatieles en oefende met de sextant. De 'Peggy Sue' stampte en rolde een beetje. Ik moest me schrap zetten. Toen ik opkeek,

zag ik Stella op het voordek. Het ene moment stond ze daar, en het volgende moment was ze weg. Thuis op de Solent hadden we tientallen keren 'man overboord' geoefend. Roep en wijs. Blijf roepen. Blijf wijzen. Draai met de kop op de wind. Strijk snel de zeilen. Motor aan. Tegen de tijd dat papa het grootzeil en de fok had gestreken, voeren we al naar Stella terug. Ik wees en schreeuwde. Ze zwom voor haar leven in een hoge, groene golf. Papa leunde over de zijkant en probeerde haar te pakken, maar hij had zijn veiligheidslijn niet aan en mama werd woedend. Ze probeerde de boot met zo min mogelijk vaart zo dicht mogelijk bij Stella te brengen, maar op het laatste moment sleurde een golf Stella van ons weg. We moesten keren en teruggaan. Al die tijd bleef ik wijzen en roepen.

We voeren drie keer naar haar toe, maar elke keer misten we haar. We gingen te snel of ze was buiten bereik. Ze had weinig kracht meer en zwom nauwelijks. Ze stond op het punt te verdrinken. We hadden nog één laatste kans. We kwamen weer aanvaren. Het was precies goed en zo dichtbij dat papa, die zich helemaal uitstrekte, haar kon vastpakken. Met zijn drieën wisten we Stella aan haar halsband en haar staart aan boord te trekken. „Goed gedaan, apenkop," zei papa tegen me, maar mama gaf hem een enorme uitbrander omdat hij zijn veiligheidslijn niet aanhad. Papa sloeg alleen zijn armen om haar heen en ze begon te huilen. Stella schudde zich uit en ging naar binnen alsof er niets was gebeurd.

Mama heeft een strenge regel ingevoerd. Net als wij mag Stella Artois nooit meer aan dek zonder dat ze vastzit aan een

veiligheidslijn, wat voor weer het ook is. Papa gaat een
speciaal tuigje voor haar maken.
  Ik droom nog steeds van de olifanten in Zuid-Afrika. Ik
vond het prachtig om te zien hoe traag en bedachtzaam ze
bewogen. En ik hield van hun wijze, droevige ogen. Ik zie de
giraffen nog voor me die verwaand op me neerkeken, en de
leeuwenwelp die sliep met de staart van zijn moeder in zijn
bek. Ik heb veel tekeningen gemaakt en bekijk ze telkens om het
niet te vergeten. De zon is in Afrika heel groot en rood.
  Nu krijgen we Australië. Kangoeroes, opossums en wombats.
Oom John komt naar ons toe in Perth. Ik heb foto's van hem
gezien, maar ik heb hem nooit ontmoet. Papa zei vanavond
dat hij maar een verre oom is. „Heel ver," zei mama, en ze
lachten allebei. Ik begreep de grap pas toen ik erover nadacht
tijdens mijn wacht.
  De sterren zijn zo helder, en we hebben Stella gered. Ik ben
nog nooit zo gelukkig geweest, geloof ik.

3 april
Vlak voor Perth in Australië. Tot vandaag hebben we, sinds
Afrika, niets dan lege oceaan gezien. Ik begin het steeds fijner te
vinden als we alleen zijn met de 'Peggy Sue' en de zee. Papa en
mama ook, geloof ik. Maar als we land in zicht krijgen, raken
we altijd opgewonden. Toen we Australië voor het eerst zagen,
omhelsden we elkaar en we maakten vreugdesprongen. We
voelen ons alsof we de eerste zeevaarders zijn die het
ontdekken. Stella Artois blafte naar ons alsof we knettergek
waren, en dat zijn we waarschijnlijk ook. Maar het is ons

gelukt. We zijn helemaal van Engeland naar Australië gezeild.
Dat is halverwege rond de wereld. En we hebben het helemaal
alleen gedaan.
Mama heeft weer buikkramp. In Australië gaat ze beslist
naar de dokter. Dat heeft ze beloofd, en we houden haar eraan.

28 mei
Weer op zee na bijna zes weken bij oom John. We dachten dat
we alleen een paar dagen in Perth zouden blijven, maar hij zei
dat we Australië echt moesten zien, nu we er waren. Hij
nodigde ons uit om bij hem thuis te komen logeren op zijn
reusachtige boerderij. Hij heeft duizenden schapen en een
heleboel paarden. Ik ging vaak uit rijden met mijn twee
nichtjes Beth en Liza. Ze zijn pas zeven en acht, maar ze
konden goed paardrijden. Ze noemden me Mikey, en tegen de
tijd dat we weggingen, wilden ze allebei met me trouwen. In
plaats daarvan worden we penvrienden.

Ik heb een slang gezien die ze een koperkop noemden. Volgens
oom John had die slang me kunnen doden als ik op hem had
getrapt. Hij zei ook dat ik op de wc moest oppassen voor
roodrugspinnen. Daarna ben ik niet vaak meer naar de wc
geweest.

Ze noemden ons hun 'Europese familie' en we barbecueden
elke avond. Het was geweldig. Maar ik vond het ook goed om
terug te gaan naar de 'Peggy Sue'. Ik miste haar terwijl we weg
waren, zoals ik Eddie mis. Ik heb hem kaarten gestuurd,
grappige kaarten van dieren, als ik die kon vinden. Ik heb hem
er een gestuurd van een wombat. Die heb ik in het echt gezien,

en honderden opossums en kangoeroes. In Australië hebben ze
witte kaketoes zoals wij thuis mussen hebben: miljoenen.
  Maar hier op zee zijn het weer meeuwen. Overal waar we
geweest zijn, waren meeuwen. Het plan is om aan te leggen in
Sydney, een tijdje rond te kijken bij het Barrièrerif en dan over
de Koraalzee naar Papoea-Nieuw-Guinea te varen.
  Met mama's buik gaat het veel beter. De dokter in Australië
zei dat het waarschijnlijk kwam door iets wat ze had gegeten.
In elk geval voelt ze zich beter.
  Het is heel warm en drukkend. En windstil. We komen bijna
niet vooruit. Ik zie geen wolken, maar het gaat vast stormen.
Ik voel het.

28 juli
Ik kijk om me heen. Het is een pikdonkere nacht. Geen maan.
Geen sterren. Maar het is eindelijk weer kalm. Morgen word ik
twaalf, maar ik denk niet dat iemand eraan denkt behalve ik.
  We hebben een vreselijke tijd gehad. Nog veel erger dan in de
Golf van Biskaje. Vanaf Sydney is het de ene storm na de
andere geweest, en elke storm blaast ons verder naar het
noorden over de Koraalzee. De roerkabel is gebroken. Papa
heeft gedaan wat hij kan, maar het is nog niet in orde. De
zelfstuurinrichting werkt niet meer, dus moet er altijd iemand
aan het roer staan. Dat betekent papa of ik, want mama is
ziek. Het zijn weer haar buikkrampen, maar ze zijn nu veel
erger. Ze wil niets eten en drinkt alleen suikerwater. Ze heeft
al drie dagen niet meer op de kaart gekeken. Papa wil een
mayday-noodsignaal uitzenden, maar mama vindt het niet

goed. Dat is opgeven, zegt ze, en ze geeft nooit op. Papa en ik
hebben samen de navigatie gedaan. We doen ons best, maar ik
geloof niet dat we nog weten waar we zijn.

Ze liggen allebei binnen te slapen. Papa is echt uitgeput. Ik
zit in de kuip aan het roer en ik heb Eddie's voetbal bij me.
Tot nog toe heeft hij geluk gebracht. Dat hebben we nu echt
nodig. Als mama niet beter wordt, zitten we diep in de puree.
Ik weet niet of we nog een storm kunnen doorstaan.

Godzijdank is het rustig weer. Dat helpt mama om te slapen.
Je kunt niet slapen als je de hele tijd heen en weer gesmeten
wordt.

Wat is het donker om ons heen. Zwart. Stella blaft. Ze staat
op het voordek. Ze zit niet aan een veiligheidslijn.

Dat waren de laatste woorden die ik in mijn logboek heb geschreven. Daarna volgen alleen nog lege bladzijden.

Eerst probeerde ik Stella te roepen, maar ze kwam niet. Dus ging ik bij het roer vandaan en liep naar voren om haar te halen. Ik nam de bal mee om haar weg te lokken van het voordek.

Ik hurkte. „Kom dan, Stella," zei ik, terwijl ik de bal van de ene hand in de andere rolde. „Pak de bal." Ik voelde de boot een beetje draaien in de wind en ik wist dat ik niet weg had mogen gaan bij het roer. Plotseling rolde de bal van me vandaan. Ik dook erachteraan, maar hij viel overboord voordat ik hem kon pakken. Ik lag op het dek en keek hoe hij wegdobberde in de duisternis. Ik was razend op mezelf, dat ik zo dom was geweest.

Terwijl ik mezelf uitschold, dacht ik opeens dat ik hoorde zingen. Er zong iemand, daar ergens in de duisternis. Ik riep, maar niemand antwoordde. Dus daarom had Stella geblaft. Ik keek weer naar mijn bal, maar hij was verdwenen. Die bal was heel belangrijk voor me geweest. Voor ons allemaal. Ik wist dat ik veel meer had verloren dan alleen een voetbal. Ik was boos op Stella. Het was allemaal haar schuld. Ze blafte nog. Het zingen hoorde ik niet meer. Ik riep haar weer en floot, maar ze wilde niet komen. Ik stond op en liep naar voren. Ik pakte haar bij haar halsband en trok. Maar ze kwam niet mee. Ik kon haar niet helemaal naar achter slepen, dus bukte ik me om haar op te tillen. Ze wilde nog steeds niet. Toen had ik haar in mijn armen, maar ze spartelde.

Boven me hoorde ik de wind in de zeilen. Ik weet nog dat ik dacht: dit is dom, je hebt je veiligheidslijn niet vast, je hebt je zwemvest niet aan, dit moet je niet doen. Toen zwenkte de boot opeens en ik werd opzij geworpen. Doordat ik mijn armen vol had, kon ik de reling niet pakken. Voordat ik zelfs maar mijn mond kon openen om te schreeuwen, lagen we in de koude zee.

Gibbons en spoken

De doodsangst joeg door me heen. De lichten van de 'Peggy Sue' verdwenen in het duister van de nacht en lieten mij alleen achter in de oceaan, alleen met de zekerheid dat ze al te ver weg waren en dat mijn hulpgeroep niet gehoord zou worden. Ik dacht aan de haaien die op jacht waren in het zwarte water onder me. Ze hadden me vast al geroken en kwamen nu op me af. Ik wist dat ik geen kans had. Ze zouden me levend opeten. Of anders zou ik langzaam verdrinken. Niets kon me redden.

Terwijl ik watertrapte, keek ik in paniek om me heen of ik in de ondoordringbare duisternis iets zag waar ik naartoe kon zwemmen. Maar er was niets.

Plotseling ving ik een glimp op van iets wits in het water. Misschien was het een brekende golf. Maar er waren geen golven. Stella! Het kon niet anders. Ik was zo dankbaar, zo opgelucht dat ik niet helemaal alleen was. Ik riep en zwom naar haar toe. Maar ze dobberde telkens van me weg. Ze verdween, kwam weer te voorschijn, en verdween weer. Het leek zo dichtbij, maar ik moest een paar minuten hard zwemmen voordat ik mijn hand kon uitsteken om haar vast te pakken. Toen pas merkte ik dat ik me had vergist. Stella's kop was grotendeels zwart. Dit was iets wits. Het was mijn voetbal. Ik pakte hem en klemde hem tegen me aan. Ik voelde het onverwachte en heerlijke drijfvermogen van de bal. Ik hield hem goed vast, terwijl ik watertrapte en Stella riep. Er kwam geen antwoord. Ik riep en riep. Maar telkens als ik mijn mond opendeed, kreeg ik zeewater binnen. Ik moest het opgeven. Ik moest mezelf zien te redden.

Het had weinig zin om energie te verspillen door te gaan zwemmen. Tenslotte kon ik nergens heen. Ik kon beter rustig blijven drijven. Ik zou me aan mijn voetbal vasthouden, traag watertrappen en wachten tot de 'Peggy Sue' terugkwam. Vroeg of laat zouden ze merken dat ik niet meer aan boord was. Vroeg of laat zouden ze me komen zoeken. Ik moest niet te veel trappelen. Net genoeg om mijn kin boven water te houden, niet meer. Te veel beweging zou haaien aantrekken. Het was bijna ochtend. Zo lang moest ik het volhouden. Het moest. Het water was niet zo heel koud. Ik had mijn voetbal. Ik had een kans.

Dat zei ik telkens tegen mezelf. Maar de wereld om me heen bleef hardnekkig zwart, en ik voelde dat het water me langzaam afkoelde, tot ik zou sterven. Ik probeerde te zingen om te stoppen met rillen en niet meer aan haaien te denken. Ik zong alle liedjes die ik kende, maar van de meeste wist ik na de eerste regels de woorden niet meer. Ik kwam telkens terug bij het enige liedje dat ik kon afmaken: 'Ik zag twee beren broodjes smeren'. Ik zong het hardop, en nog eens, en nog eens. Het was geruststellend om mijn eigen stem te horen. Daardoor voelde ik me niet zo alleen in de zee. En ik keek alsmaar of ik de grijze schittering van de dageraad al zag, maar die kwam niet.

Ten slotte werd ik stil, en mijn benen wilden niet meer

trappelen. Ik klampte me vast aan mijn voetbal en viel langzaam in slaap. Ik wist dat het niet mocht, maar ik kon het niet helpen. Mijn handen gleden telkens van de bal. Ik was aan het eind van mijn krachten. Ik zou verdrinken en naar de bodem van de zee zakken. Daar zou mijn graf zijn, tussen het zeewier, de beenderen van zeelieden en de scheepswrakken.

Het vreemde was dat ik het niet echt erg vond. Het kon me niet schelen. Nu niet meer. Ik viel in slaap en droomde. In mijn droom zag ik een boot die geluidloos over het water naar me toe gleed. De 'Peggy Sue'! Die goeie ouwe 'Peggy Sue'. Ze waren teruggekomen. Ik had het wel geweten. Sterke armen pakten me vast. Ik werd omhooggetrokken uit het water. Ik lag op het dek en snakte naar adem, als een vis op het droge.

Iemand boog zich over me heen. Hij schudde me door elkaar en praatte tegen me. Ik verstond er geen woord van, maar dat gaf niet. Ik voelde Stella's warme adem in mijn gezicht, en haar tong die aan mijn oor likte. Ze was gered. En ik ook. Alles was goed.

Ik werd gewekt door gehuil. Het leek op het huilen van een storm door het want. Ik keek om me heen. Ik zag geen mast boven me, geen zeilen. En onder me bewoog niets. Er was geen zuchtje wind. Stella Artois blafte, maar een eindje verderop. Ik was niet aan boord van een schip, maar lag languit in het zand. Het huilen veranderde in krijsen, een angstaanjagend gegil dat steeds harder werd en toen wegstierf in zijn eigen echo.

Ik ging rechtop zitten. Ik zat op een strand, een brede strook wit zand, met achter me een dicht, groen bos dat tot

aan het strand groeide. Toen zag ik Stella, die rondrende in het ondiepe water. Ik riep haar en ze kwam met grote sprongen uit de zee naar me toe om me te begroeten. Haar staart zwiepte wild heen en weer. Toen al het springen, likken en omhelzen achter de rug was, krabbelde ik overeind. Ik was helemaal slap. Ik keek goed om me heen. De wijde blauwe zee was even leeg als de wolkeloze hemel erboven. Geen 'Peggy Sue'. Geen boot. Niets. Niemand. Ik riep en riep om mijn vader en moeder. Ik riep tot de tranen in mijn ogen sprongen en ik niet meer kon roepen, tot ik wist dat het geen zin had. Ik bleef een tijdje staan, terwijl ik probeerde te bedenken hoe ik daar gekomen was, hoe ik het had overleefd. Ik had zulke verwarde herinneringen. Ik had de indruk gehad dat ik werd opgepikt, en dat ik aan de boord was van de 'Peggy Sue'. Maar dat kon niet, begreep ik nu. Blijkbaar had ik het allemaal gedroomd. Ik had me aan mijn voetbal vastgeklemd en me boven water gehouden tot ik was aangespoeld. Maar waar was mijn voetbal dan? Ik zag hem nergens.

Stella maakte zich natuurlijk niet druk over al deze vragen. Ze bracht me telkens stokken om mee te gooien, en holde zorgeloos erachteraan de zee in.

Toen klonk weer het gehuil in de bomen. Stella's nekharen gingen rechtovereind staan. Ze rende het strand op en blafte en blafte, tot ze heel zeker wist dat ze zelfs de laatste echo het zwijgen had opgelegd. Deze keer was het een muzikaal, klaaglijk gehuil. Het klonk helemaal niet dreigend. Ik dacht dat ik het herkende. Ik had zulk gehuil een keer gehoord in de dierentuin van Londen. Het waren gibbons. 'Maffe gibbons' had mijn vader ze genoemd. Ik weet nog steeds niet waarom. Maar ik vond het een leuk woord, 'maf'. Misschien had ik het daarom onthouden. „Het zijn gibbons," zei ik tegen Stella, „gewoon maffe gibbons. Ze doen niets." Maar dat wist ik eigenlijk niet helemaal zeker.

Van waar ik stond, kon ik zien dat het bos dunner was op de helling van een grote heuvel een eindje landinwaarts. Als ik daarlangs de kale rots op de top kon bereiken, zou ik verder kunnen kijken over zee, bedacht ik. Of misschien zou ik ergens een huis of een boerderij ontdekken, of een weg, zodat ik aan iemand hulp kon vragen. Maar als ik nu het strand verliet en ze kwamen terug om me te zoeken, wat dan? Ik besloot dat ik dat risico maar moest nemen.

Ik holde weg, met Stella Artois op mijn hielen. Algauw kwam ik in de koele schaduw van het bos. Ik ontdekte een paadje dat omhoogging, en volgens mij in de goede richting. Ik volgde het en ging pas over op wandelen toen de helling te steil werd. Het wemelde van de dieren in het bos. Hoog boven me krasten en krijsten vogels, en telkens galmde het gehuil door de bomen, maar het klonk nu verder weg.

Toch waren het niet de geluiden van het bos die me onrustig maakten, maar de ogen. Ik had het gevoel dat er duizenden nieuwsgierige ogen naar me keken. Stella ook, denk ik, want ze was vreemd stil sinds we het bos waren binnengegaan. Ze keek voortdurend naar me op om zich door mij te laten geruststellen. Ik deed mijn best om haar te kalmeren, maar ze voelde aan dat ik ook bang was.

Wat eerst een korte wandeling had geleken, voelde nu bijna aan als een grote expeditie naar de binnenlanden. We kwamen uitgeput uit het bos te voorschijn, klommen moeizaam tegen een puinhelling op en stonden eindelijk op de top.

De zon brandde aan de hemel. Tot dat moment had ik de verzengende hitte nog niet echt gevoeld. Ik zocht de horizon af. Als er daar ergens in de dunne nevels al een zeil was, kon ik het niet ontdekken. Wat kon ik trouwens doen als ik een zeil zag? Dat bedacht ik me nu pas. Ik kon geen vuur aansteken. Ik had geen lucifers. Ik wist dat holenmensen stokken tegen elkaar wreven, maar ik had het nooit geprobeerd. Ik keek om me heen. Zee. Zee. Zee. Aan alle kanten zee. Ik was aangespoeld op een eiland. Ik was alleen.

Het eiland leek misschien drie of vier kilometer lang. Niet meer. Het had ongeveer de vorm van een pindadop, maar aan de ene kant breder dan aan de andere kant. Langs de zijkanten liep een lange reep helderwit strand, en aan het andere eind was nog een heuvel, die steiler was en dichter begroeid, maar niet zo hoog als die van mij. Behalve de toppen van deze twee heuvels was het hele eiland bedekt met bos. Ik zag nergens een teken van menselijk leven. Maar zelfs toen ik daar die eerste ochtend stond en het tot me doordrong in welke vreselijke situatie ik me bevond, zag ik hoe mooi het eiland was. Dat weet ik nog goed. Het leek wel een groen sieraad met een witte rand, te midden van een zijdeachtige, glinsterend blauwe zee. Vreemd genoeg voelde ik me helemaal niet moedeloos. Misschien werd ik getroost doordat het allemaal zo schitterend was. Ik had zelfs een uitgelaten gevoel. Ik leefde. Stella Artois leefde. We waren niet verdronken.

45

Ik ging in de schaduw van een grote steen zitten. Het gibbonkoor in het bos begon weer te huilen en te roepen. Een zwerm schor krijsende vogels steeg klapwiekend op uit het tapijt van bomen onder ons en vloog weg over het eiland. Ze streken neer op de andere heuvel.

„Het komt wel goed," zei ik tegen Stella. „Papa en mama komen terug om ons te zoeken. Zeker weten. Natuurlijk doen ze dat. Natuurlijk. Mama wordt beter en dan komen ze terug. Ze laten ons hier niet achter. Ze vinden ons wel. Je zult het zien. Het enige wat wij moeten doen, is naar hen uitkijken – en in leven blijven. Water, we hebben water nodig. Maar die apen ook. We hoeven het alleen maar te vinden. En er moet ook eten zijn. Vruchten en noten, of zo. Wat zij eten, kunnen wij ook eten."

Het hielp om hardop tegen Stella te praten. Het hielp me om de paniek te onderdrukken die nu in golven door me heen ging. Maar het was vooral Stella's gezelschap dat me door die moeilijke eerste uren op het eiland heen hielp.

Het leek geen goed idee om meteen het bos in te lopen om water te zoeken. Eerlijk gezegd durfde ik dat ook niet goed, en ik kon beter eerst de kust verkennen, vond ik. Misschien was er ergens een beek of rivier die in zee uitkwam, en met wat geluk zou ik onderweg ook iets te eten vinden.

Vol goede moed ging ik op weg en sprong als een berggeit langs de puinhelling omlaag. Waar apen leefden, konden wij ook leven, zei ik telkens tegen mezelf. Maar ik kwam er algauw achter dat er langs het pad omlaag door het bos niets eetbaars groeide. Ik zag wel een soort vruchten, of in elk geval iets wat daarop leek. En ver boven me hingen ook kokosnoten, maar het was onmogelijk om in de bomen te klimmen. Volgens mij waren ze wel dertig tot vijftig meter hoog. Ik had nog nooit zulke reusachtige bomen gezien.

Het aaneengesloten bladerdek bood in elk geval een welkome bescherming tegen de hitte van de zon. Toch begon ik verschrikkelijke dorst te krijgen, en Stella ook. Ze draafde de hele tijd naast me, met haar tong uit haar bek. Af en toe keek ze me wanhopig aan, maar ik kon haar niet troosten.

We kwamen terug op ons strand, en gingen op weg rond het eiland. Daarbij bleven we zoveel mogelijk in de schaduw aan de rand van het bos. We vonden nog steeds geen beek. Ik zag weer een heleboel vruchten, maar ze hingen steeds te hoog en de bomen waren allemaal te glad en te recht om erin te klimmen. Ik vond veel kokosnoten op de grond, maar ze waren altijd opengebroken en leeg.

Het strand werd smaller en ten slotte moesten we het bos in. Ik vond weer een klein paadje. Het bos was hier ondoordringbaar, donker en dreigend. Er klonk geen gehuil meer, maar nu hoorde ik nog veel onheilspellender geluiden: ritselen van bladeren, kraken van takjes, onverwacht geruis, en het was heel dichtbij, overal om me heen. Ik wist nu zeker dat er ogen waren die naar ons keken. We werden gevolgd.

Ik liep snel verder en vocht tegen mijn angst. Ik dacht aan de gibbons die ik in de dierentuin had gezien, en probeerde mezelf ervan te overtuigen dat ze niet gevaarlijk waren. Ze zouden ons met rust laten. Ze zouden ons niet aanvallen. Het waren geen menseneters. Maar toen het geritsel steeds dich terbij kwam en steeds dreigender klonk, lukte het me niet meer om dat te geloven. Ik begon te rennen, en ik bleef rennen tot het pad op rotsen uitkwam, in het heerlijke daglicht. Ik zag de zee weer.

Deze kant van het eiland was bezaaid met grote keien, alsof er langs de hele kust kliffen waren ingestort. We sprongen van de ene kei op de andere, en ondertussen lette ik goed op of er ergens water omlaag stroomde uit het bos boven ons. Maar ik vond niets.

Ik was nu heel moe en ging zitten om uit te rusten. Mijn mond was kurkdroog en mijn hoofd bonsde. Ik werd gekweld door afschuwelijke gedachten. Ik zou van dorst omkomen. De apen zouden me in stukken scheuren.

Stella keek naar me op. „Er moet water zijn," zei ik tegen haar. „Het moet er zijn." Nou, zeiden haar ogen, waarom zit je hier dan medelijden te hebben met jezelf?

Ik dwong mezelf om op te staan en liep verder. Het zeewater tussen de stenen zag er koel en verleidelijk uit. Ik proefde ervan, maar het was zout. Ik spuugde het meteen uit. Als je zout water dronk, werd je gek. Dat wist ik.

De zon stond al laag aan de hemel, toen we het strand aan de andere kant van het eiland bereikten. Als ik het goed had, waren we pas ongeveer halverwege rond het eiland. Het was veel groter dan het 's ochtends had geleken vanaf de heuveltop. Hoe ik ook had gezocht, ik had geen water gevonden, en niets te eten. Ik kon niet meer verder, en Stella ook niet. Ze lag languit naast me op het strand en hijgde hard. We moesten de nacht daar doorbrengen. Ik dacht erover om een eindje het bos in te lopen om op de grond onder de bomen te slapen. Ik kon een bed maken van de zachte dode bladeren die overal op de bodem van het bos lagen. Maar ik durfde niet het bos in te gaan nu de schaduw van de nacht snel over het eiland viel.

Het gehuil was weer begonnen, ver weg in het bos. Het was een laatste, zoetklinkend avondlied, een koorzang die doorging tot de duisternis over het eiland lag. Tussen de bomen klonk het gonzen en sjirpen van insecten (ik nam tenminste aan dat het insecten waren). Er was een hol geklop, als van een gek geworden specht. Er klonk geschraap, gekras en een soort knarsend gebrom dat me aan kikkers deed denken. Het hele oerwoudorkest kwam op gang. Toch waren het niet de geluiden die me bang maakten, maar die spookachtige ogen. Ik wilde zo ver mogelijk van die ogen vandaan zijn. Aan het eind van het strand vond ik een kleine grot met een droge, zanderige bodem. Ik ging liggen en probeerde te slapen, maar Stella gaf me de kans niet. Ze jankte tegen me omdat ze honger en dorst had, zodat ik erg onrustig sliep.

Het oerwoud gonsde, krijste en kraste, en ik werd de hele nacht aangevallen door muskieten. Ze zoemden in mijn oren en maakten me gek. Ik hield mijn handen tegen mijn oren om het geluid buiten te sluiten. Ik kroop tegen Stella aan en probeerde te vergeten waar ik was, en op te gaan in mijn dromen. Het schoot me te binnen dat ik jarig was, en ik dacht aan mijn vorige verjaardag, thuis met Eddie en Matt, en de barbecue in de tuin met die worstjes die zo heerlijk roken. Eindelijk viel ik in slaap.

De volgende ochtend werd ik koud en hongerig wakker. Ik

rilde en ik had overal muggenbeten. Het duurde even voor ik weer wist waar ik was, en wat me allemaal was overkomen. Plotseling drong de harde werkelijkheid tot me door: dat ik helemaal alleen was, dat mijn vader en moeder ver weg waren, en dat ik omringd was door gevaren.

Ik huilde hardop van ellende, tot ik zag dat Stella weg was. Ik rende de grot uit. Ze was nergens te zien. Ik riep haar en ik luisterde, maar het gehuil van de gibbons was het enige antwoord dat ik kreeg. Toen draaide ik me om en zag haar. Ze stond op de rotsen hoog boven mijn grot. Ze was half verborgen voor me, maar ik kon zien dat ze haar kop omlaag had. Ze had duidelijk iets gevonden. Ik klom naar boven om te ontdekken wat het was.

Voordat ik haar had bereikt, hoorde ik haar al drinken. Ze likte het water ritmisch en lawaaiig op, zoals altijd. Ze keek niet eens naar me toen ik eraan kwam. Ik zag dat ze uit een kom dronk, een gebutste blikken kom. Daarna ontdekte ik op een platte rots boven haar ook iets vreemds.

Ik liet Stella alleen met haar waterfeest en klom verder om te kijken. Er stond nog een kom water en ernaast waren palmbladeren uitgespreid met een omgekeerd blik erop. Ik ging zitten en dronk het water op, zonder te stoppen om adem te halen. Nog nooit had ik water zó lekker gevonden. Terwijl ik nahijgde, lichtte ik het blik op. Vis! Tientallen dunne repen doorschijnend witte vis, die netjes naast elkaar op de palmbladeren waren gelegd, en een stuk of vijf, zes kleine rode bananen. Rode bananen!

Ik at eerst de vis en genoot van elke kostbare hap. Maar

terwijl ik at, keek ik om me heen, of ik ergens aan de rand van het bos bladeren zag bewegen, of voetstappen kon ontdekken in het zand. Ik zag niets. Toch had iemand me dit gebracht. Er moest daar iemand zijn, die me in de gaten hield. Ik wist niet of ik bang moest zijn of dolblij.

Stella onderbrak mijn gedachten. Ze jankte klaaglijk vanaf de rots onder me, en ik wist dat ze niet om liefde of troost vroeg. Ze ving elke reep vis die ik haar toewierp, slokte hem in één keer op en wachtte op de volgende, met haar kop scheef en één oor omhoog. Daarna was het om en om. Een reep voor mij, een reep voor haar. Haar smekende ogen maakten het me onmogelijk om het anders te doen.

De vis was rauw, maar dat kon me niet schelen. Ik had te veel honger om het erg te vinden, en Stella ook. De rode bananen hield ik voor mezelf. Ik at ze allemaal op. Ze waren heel anders dan de bananen thuis, veel zoeter, veel sappiger en veel lekkerder. Ik had er nog wel tien op gekund.

Toen ik klaar was met eten, stond ik op en keek naar de bosrand. Mijn weldoener moest in de buurt zijn – wie het ook was. Ik was er nu van overtuigd dat ik niet bang hoefde te zijn. Ik moest op een of andere manier contact proberen te krijgen. Ik zette mijn handen aan mijn mond en riep een heleboel keren: „Bedankt! Bedankt! Bedankt!" Het galmde over het eiland. Plotseling kwam het bos weer tot leven. Er klonk een enorm kabaal van zingen, gillen, huilen, krassen en kwaken. Stella blafte wild terug. En zelf voelde ik me opeens vrolijk, blij en heel gelukkig. Ik sprong lachend op en neer, tot ik vreugdetranen in mijn ogen kreeg. Ik was niet alleen op het eiland! En wie het ook was, bedoelde het goed. Waarom zou die ons anders eten hebben gebracht? Maar waarom liet hij zich dan niet zien? Hij moest de kommen terughalen, bedacht ik. Ik kon een boodschap voor hem achterlaten. Ik zocht een scherpe steen, ging op mijn knieën zitten en kraste op de steen naast de kommen: 'Bedankt. Ik heet Michael. Ik ben van een boot gevallen. Wie bent u?'

Daarna besloot ik de hele dag op het strand te blijven, dicht bij mijn grot en de rots erboven waar de vis voor ons was neergelegd. Ik zou hem voortdurend in de gaten houden, zodat ik tenminste zou kunnen zien wie ons had geholpen.

Stella rende voor me uit de zee in. Ze blafte naar me en wilde dat ik ook kwam. Ik had geen verdere aansporing nodig. Ik dook en sprong en joelde en spatte, maar tijdens al die drukte bleef zij rustig zwemmen. Ze zag er in het water altijd heel ernstig uit, terwijl ze met haar kin omhoog vastberaden voortzwom.

De zee was kalm en weldadig. Er was bijna geen golfje of rimpeling te zien. Ik durfde niet zo ver te gaan dat ik niet meer kon staan. Daarvan had ik genoeg gehad voor mijn hele leven. Toen ik uit het water kwam, voelde ik me schoon, fris en krachtig. Een nieuw mens. De zee had een genezende werking. Mijn muggenbulten zaten er nog, maar ze jeukten niet meer.

Ik besloot verder op onderzoek te gaan langs het strand, als het kon tot aan het eind, maar ik wilde wel mijn grot de hele tijd kunnen zien. Er lagen hier schelpen, miljoenen goud-

gele en roze schelpen die in lange richels op het strand ge-
spoeld waren. Algauw kwam ik bij iets dat er vanuit de verte
uitzag als een plat stuk rots die een klein stukje uit het zand
stak. Stella krabde opgewonden aan de rand ervan. Het bleek
helemaal geen rots te zijn, maar een lange plaat roestig ijzer.
Het was alles wat er over was van de zijkant van een scheeps-
romp, die nu diep in het zand was gezakt. Ik vroeg me af wat
voor schip het was geweest en hoe lang geleden het was vergaan. Was het door een vreselijke storm op het eiland geworpen? En waren er overlevenden geweest? Was het mogelijk dat sommigen van hen hier nu nog waren? Ik knielde in
het zand en streek erlangs met mijn hand. Toen zag ik een
stuk helder glas liggen, misschien een scherf van een fles. Het
voelde warm aan, bijna te warm om vast te pakken.

Plotseling kreeg ik een idee. Eddie had me laten zien hoe
het moest. We hadden het geprobeerd op de speelplaats van
de school, verstopt achter de vuilnisbakken waar niemand ons
kon zien. Met een stukje papier, een glasscherf en de zon hadden we vuur gemaakt! Ik had hier geen papier, maar met dor-
re bladeren kon het ook. Ik rende het strand op en zocht onder
de bomen van alles bij elkaar: stengels, takjes en allerlei soorten
bladeren, die flinterdun en kurkdroog waren. Ik maakte een
stapeltje op het zand en ging ernaast zitten. Ik hield mijn glasscherf dicht bij de bladeren en richtte hem op de zon. Ik moest
hem heel stil houden en op het eerste rooksliertje wachten.

Als ik een vuur kon maken en het aan kon houden, zou ik
er 's nachts naast kunnen slapen. Een vuur zou de muggen
weghouden, en ook de grote dieren. En vroeg of laat moest

er een schip langskomen. Dan zou iemand de rook zien.

Ik zat stil te wachten. Stella kwam me lastigvallen en wilde spelen, maar ik duwde haar van me af. Ten slotte liep ze mokkend weg en ging met een zucht in de schaduw van de palmbomen liggen. De zon was brandend heet, maar er gebeurde nog steeds niets. Mijn arm begon pijn te doen. Daarom maakte ik een bouwsel van takjes boven de bladeren en legde het glas erop. Ik hurkte ernaast en wachtte. Nog steeds niets.

Plotseling sprong Stella op uit haar slaap en gromde diep in haar keel. Ze rende naar mij toe, draaide zich om en blafte woedend in de richting van het bos. Toen zag ik waarvan ze was geschrokken.

Onder de bomen bewoog een schim, die slingerend het zonlicht in liep en naar ons toe kwam. Het was een aap, een reusachtige aap. Beslist geen gibbon. Hij liep langzaam op handen en voeten, en hij was bruin, roodbruin. Een orang-oetan. Ik wist het zeker. Een paar meter van me vandaan ging hij zitten om me te bekijken. Ik durfde me niet te bewegen. Toen hij genoeg gezien had, krabde hij nonchalant aan zijn hals, draaide zich om en liep langzaam op handen en voeten terug naar het bos. Stella bleef nog lang grommen toen hij al weg was.

Behalve gibbons leefden hier dus ook orang-oetans. Of misschien waren het orang-oetans die zo huilden, en niet gibbons. Misschien had ik me vergist. Ik had een keer een film gezien van Clint Eastwood waarin een orang-oetan meespeelde. Die was heel aardig, herinnerde ik me. Ik hoopte dat deze het ook was.

Toen zag ik rook. En ik rook het. Er gloeide iets in mijn stapeltje bladeren. Ik bukte me snel en blies ernaar. Er kwamen vlammetjes. Ik legde er nog een paar bladeren op, een paar droge takjes, en toen een paar grotere takken. Ik had een vuur! Ik had een vuur!

Ik stormde het bos in en verzamelde al het afval, alle uitgedroogde kokosnootschalen en al het hout dat ik kon vinden. Ik rende heen en weer, tot mijn vuur hoog oplaaide en knetterde. De vonken vlogen door de lucht. De rook steeg op tot in het bos achter me. Ik wist dat ik nu niet kon stoppen. Ik moest nog meer hout op het vuur gooien. Grotere stukken. Ik moest hout halen tot ik genoeg had om het vuur aan te houden, en ook nog voor later.

Stella wilde niet mee het bos in, merkte ik. Ze bleef bij het vuur op me wachten. Ik wist heel goed waarom. Ik lette zelf ook op of ik de orang-oetan zag, maar ik had het nu te druk met mijn vuur om me veel zorgen te maken.

Mijn houtstapel was al erg groot. Toch ging ik nog één keer terug naar het bos, voor het geval het vuur sneller brandde dan ik verwachtte. Ik moest dieper het bos ingaan, dus duurde het even.

Toen ik tussen de bomen vandaan kwam, met een stapel hout tot aan mijn kin, merkte ik dat er veel minder rook van het vuur kwam dan daarvoor, en er waren helemaal geen vlammen. Opeens zag ik hem door de rook, de orang-oetan. Hij hurkte bij mijn vuur en schepte er zand overheen. Nu stond hij op en kwam uit de rook naar me toe. Maar het was geen orang-oetan. Het was een man.

Ik, Kensuki

Hij was heel klein, niet groter dan ik. Zo'n oude man had ik nog nooit gezien. Hij droeg alleen een versleten broek die rond zijn middel was samengebonden, en aan zijn riem had hij een groot mes. Hij was ook mager. Op sommige plaatsen – onder zijn armen, rond zijn nek en zijn middel – lag zijn koperbruine huid in plooien om hem heen, alsof hij harder gekrompen was dan zijn vel. De weinige haren op zijn hoofd en kin waren lange, witte slierten.

Ik zag meteen dat hij erg opgewonden was. Zijn kin beefde en zijn halfdichte ogen keken beschuldigend en boos. „Dameda! Dameda!" gilde hij tegen me. Zijn hele lichaam schudde van woede. Ik deinsde achteruit, toen hij over het strand op me af kwam. Hij zwaaide wild met zijn stok en ging vreselijk tekeer. Oud en mager als hij was, liep hij nog behoorlijk snel. Hij rende bijna. „Dameda! Dameda!" Ik had geen idee wat hij zei. Het klonk als Chinees of Japans.

Ik stond op het punt me om te draaien en weg te rennen. Maar opeens liep Stella, die vreemd genoeg niet naar hem had geblaft, van me weg en rende hem met grote sprongen tegemoet. Haar haren stonden niet overeind en ze gromde ook niet. Tot mijn verbazing begroette ze hem als een oude vriend.

Hooguit een meter van me vandaan bleef hij staan. We keken elkaar een tijdje zwijgend aan. Hij leunde op zijn stok en hijgde. „Amerikajin?" zei hij toen. „Amerikajin? Amerikaan? Eikokujin? Engelsman?"

„Ja," zei ik, opgelucht dat ik eindelijk iets verstond. „Ik ben een Engelsman."

Het scheen hem grote moeite te kosten om te praten. „Niet goed. Vuur niet goed. Begrepen? Geen vuur." Hij leek nu minder boos.

„Maar mijn vader en moeder zien het misschien. Ze zien misschien de rook." Het was duidelijk dat hij me niet begreep. Dus wees ik naar de zee, om het uit te leggen. „Daar. Ze zijn daar. Als ze het vuur zien, komen ze me halen."

Meteen werd hij weer agressief. „Dameda!" krijste hij, terwijl hij met zijn stok naar me zwaaide. „Geen vuur!"

Ik dacht even dat hij me zou aanvallen, maar dat deed hij niet. In plaats daarvan begon hij met de stok lijnen te trekken in het zand aan mijn voeten. Hij tekende iets, terwijl hij aan één stuk door onverstaanbaar brabbelde. Eerst leek het op een soort vrucht of noot. Een pinda. Nu begreep ik het. Het was een kaart van het eiland. Toen die klaar was, liet hij zich op zijn knieën vallen en begon aan de uiteinden bergjes zand te maken. Dat waren de twee heuvels. Daarna trok hij heel nadrukkelijk een rechte lijn dwars over het eiland, zodat het smallere eind werd afgesneden van het bredere.

„Jij, jongen. Jij hier," zei hij, terwijl hij naar mijn grot aan het eind van het strand wees. „Jij." Hij stak zijn vinger in het bergje zand dat mijn heuvel voorstelde. Toen begon hij iets over de hele kaart te schrijven. Het waren geen gewone letters, maar allerlei soorten streepjes, punten, kruisen, horizontale lijnen, driehoeken en krabbels. En hij schreef het allemaal achterstevoren, van boven naar beneden, en van rechts naar links.

Hij ging op zijn hielen zitten en klopte zich op zijn borst. „Kensuki. Ik, Kensuki. Mijn eiland." Hij sloeg met zijn hand als een hakmes in het zand en deelde het eiland zo in tweeën. „Ik, Kensuki. Hier. Jij, jongen. Hier." Ik begreep al wat hij bedoelde. Plotseling sprong hij weer overeind en joeg me weg met zijn stok. „Ga, jongen. Geen vuur. Dameda. Geen vuur. Begrepen?"

Ik verzette me niet, maar liep meteen weg. Toen ik na een tijdje durfde om te kijken, zat hij op zijn knieën naast de resten van mijn vuur en schepte er nog meer zand op.

Stella was bij hem gebleven. Ik floot haar. Ze kwam, maar niet meteen. Ik kon zien dat ze eigenlijk niet bij hem weg wilde. Ze gedroeg zich heel raar. Stella Artois was nooit erg op vreemdelingen gesteld. Ze stelde me teleur. Ik voelde me zelfs een beetje verraden.

De volgende keer dat ik omkeek, kwam er helemaal geen rook meer van het vuur. Het was volledig gedoofd, en de oude man was nergens te zien.

De rest van de dag bleef ik in mijn grot. Om een of andere reden voelde ik me daar veilig. Ik denk dat ik hem al als mijn huis beschouwde. Het was het enige huis dat ik had. Ik voelde me zoals een wees zich waarschijnlijk voelt: in de steek gelaten en alleen op de wereld. Ik was bang, en boos, en helemaal in de war.

Ik zat in mijn grot en probeerde mijn gedachten te ordenen. Voorzover ik wist – al was ik er niet zeker van – waren we met zijn tweeën op het eiland, de oude man en ik. Dan was hij dus de enige die de vis, de bananen en het water voor me klaargezet kon hebben. Dat was toch aardig geweest, een teken van vriendschap, of een verwelkoming? En nu had diezelfde man me naar een uiteinde van het eiland verbannen alsof ik een melaatse was, en hij had heel duidelijk gemaakt dat hij mij nooit meer wilde zien. Alleen omdat ik een vuur had aangestoken? Ik begreep er niets van. Zou hij niet goed bij zijn hoofd zijn?

Ik overdacht mijn situatie. Ik zat vast op een eiland ver weg van alles en iedereen, waarschijnlijk met een krankzinnige als gezelschap, plus een troep huilende apen (waarvan minstens één een orang-oetan was) en God mag weten wat zich nog meer verborgen hield in het bos, en miljoenen muskieten die me elke avond levend zouden opeten. Er zat maar één ding op. Ik moest hier weg. Maar hoe? Hoe kon ik ooit van dit eiland af komen, tenzij ik de aandacht kon trekken van een langsvarend schip? Misschien zat ik hier wel voor de rest van mijn leven. Ik moest er niet aan denken.

Ik vroeg me af hoe lang de oude man al op het eiland was, en hoe hij hier terecht was gekomen. Wie was hij? En wie dacht hij wel dat hij was om mij te kunnen vertellen wat ik wel en niet mocht doen? Waarom had hij mijn vuur uitgemaakt?

Ik rolde me op in mijn grot, deed mijn ogen dicht en wenste dat ik weer thuis was of bij mijn vader en moeder op de 'Peggy Sue'. Door die heerlijke wensdroom werd ik bijna in slaap gesust, maar de muskieten en het gehuil uit het bos sleepten me gauw weer terug naar de harde werkelijkheid van mijn afschuwelijke situatie.

Plotseling had ik het gevoel dat ik het gezicht van de oude man al eens eerder had gezien. Ik had geen idee hoe dat mogelijk was. Terwijl ik hierover nadacht, voelde ik het stuk glas in mijn zak tegen mijn heup drukken. Ik kreeg weer moed. Ik had mijn brandglas nog. Ik kon weer vuur maken, maar deze keer ergens waar hij het niet zou ontdekken. Ik zou wachten tot er een schip kwam, en tot die tijd zou ik overleven. De oude man was hier in leven gebleven. Als hij het kon, kon ik het ook. En ik kon het alleen. Ik had hem niet nodig.

Ik had weer honger en dorst. Morgen zou ik het bos ingaan en zelf eten zoeken. Ik zou water zoeken. En op een of andere manier zou ik ook vissen vangen. Ik was goed in vissen. Als ik ze thuis in het meer kon vangen en vanaf de 'Peggy Sue', kon ik het hier ook.

De hele nacht vervloekte ik de zwermen zoemende insecten die mij als doelwit kozen, en het kwetterende bos dat maar niet stil wilde worden en me niet met rust liet. In gedachten zag ik telkens het meer en mijn moeder die lachte met de schipperspet op haar hoofd. Ik voelde tranen opkomen en probeerde niet aan haar te denken. Ik dacht aan de oude man. Terwijl ik me probeerde te herinneren hoe hij heette, viel ik in slaap.

Toen ik de volgende ochtend wakker werd, wist ik onmiddellijk dat hij er was geweest. Het was alsof ik het had gedroomd. Stella had blijkbaar dezelfde droom gehad, want ze rende meteen naar de rotsen boven de grot. Ze vond wat ze verwachtte – haar kom was weer vol met water. En op de hoge richel waar ze niet bij kon, lag hetzelfde omgekeerde blik, met mijn waterkom ernaast, net als de vorige dag. Ik wist dat de kom vol zou zijn, en toen ik het blik oplichtte, wist ik dat er weer eten zou liggen.

Ik ging in kleermakerszit op de rots zitten en kauwde gretig op mijn vis, terwijl ik stukken omlaag gooide voor Stella. Ik begreep precies wat de oude man hiermee wilde zeggen. We waren geen vrienden, en dat zouden we ook niet worden. Hij zou Stella en mij in leven houden, maar alleen als ik me aan zijn regels hield. Ik moest op mijn deel van het eiland blijven en ik mocht geen vuur maken. Het was allemaal heel duidelijk.

Omdat ik elke dag minder hoop had op een snelle redding, berustte ik erin. Ik wist dat ik geen keus had. Voorlopig moest ik zijn voorwaarden aanvaarden en doen wat hij wilde. Hij had nu een grens getrokken, een lijn in het zand van het bos tot aan de zee aan beide kanten van het eiland. Die vernieuwde hij zo vaak als nodig was. Natuurlijk ging Stella er weleens overheen, dat kon ik niet voorkomen. Maar zelf deed ik het niet. Het was het niet waard. Ondanks de vijandigheid die ik in zijn ogen had gezien, en dat reusachtige mes aan zijn riem, geloofde ik niet dat hij me ooit iets zou doen. Maar toch was ik bang voor hem. Daarom, en omdat ik te veel te verliezen had, wilde ik geen ruzie met hem krijgen. Tenslotte bracht hij ons elke dag al het eten en drinken dat we nodig hadden.

Ik begon zelf ook eetbare vruchten te vinden. Vooral een vrucht met een stekelige schil, waarvan ik later ontdekte dat het een ramboetan was, smaakte heerlijk. Maar ik kon er nooit genoeg vinden en Stella weigerde ze te eten. Af en toe vond ik een hele kokosnoot, maar het sap en het vruchtvlees waren vaak bedorven. Een paar keer probeerde ik zelfs in een kokospalm te klimmen, maar de noten hingen altijd te hoog, en ik gaf het gauw op.

Ik probeerde in de ondiepe poelen te vissen met een ruwe speer die ik had gemaakt door een lange stok te slijpen langs een steen. Maar ik was altijd te langzaam bij het toestoten. Er waren vaak een heleboel vissen, maar ze waren te klein en te snel. Of hct me beviel of niet, we hadden het dagelijkse rantsoen vis, vruchten en water dat de oude man ons bracht, nog hard nodig.

Ik had mijn eind van het eiland helemaal afgezocht naar zoet water, maar niets kunnen vinden. Ik dacht er vaak over om te gaan zoeken in het deel van het bos dat van de oude man was, maar ik durfde niet. Meestal bleef ik dicht bij de bospaadjes.

Het waren niet alleen de regels van de oude man en het gehuil van de apen – een soort waarschuwing, begreep ik nu – waardoor ik me niet in zijn gebied waagde. Het was ook de orang-oetan. Hij had vrij vreedzaam geleken, maar ik had geen idee hoe hij en zijn vrienden zouden reageren als ze me in hun territorium aantroffen. Ik vroeg me ook af wat voor dieren er nog meer onzichtbaar op de loer lagen om me te overvallen in de vochtige duisternis van het bos. Aan alle oerwoudgeluiden te horen krioelde het er van de levensgevaarlijke beesten. De gedachte aan de orang-oetan en de angst voor het onbekende waren meer dan genoeg om me af te schrikken. Daar konden mijn nieuwsgierigheid en mijn moed niet tegenop. En dus kwam ik zelden verder dan mijn strand, mijn grot en het bospad naar mijn heuveltop. Vanaf mijn heuvel zag ik de oude man af en toe in de verte. 's Ochtends ging hij vaak met een speer vissen in de poelen. Soms was hij dan alleen, maar meestal werd hij vergezeld door een groep orang-oetans, die op het strand gingen zitten om naar hem te kijken. Eén keer telde ik er veertien of vijftien. De oude man droeg weleens een van de jongen op zijn rug, en als hij bij hen was, leek het bijna of hij zelf een orang-oetan was.

Ik probeerde telkens wakker te blijven tot de oude man 's nachts met het eten kwam, maar het lukte me nooit. Ik hoorde hem zelfs geen enkele keer. Maar elke ochtend was het water er, en de vis (die nu vaak gerookt smaakte, wat ik lekkerder vond). De vruchten waren niet altijd dezelfde. Sommige hadden een vreemde geur, die me tegenstond. Toch at ik ze op. Behalve bananen, kokosnoten en bessen legde hij ook broodvruchten voor me neer (natuurlijk wist ik toen niet hoe ze heetten). Ik at alles op, maar niet meer zo gulzig als in het begin. Ik probeerde een deel van de vruchten te bewaren voor het avondeten. Maar bij de rode bananen lukte dat nooit. Ze waren gewoon te lekker om niet meteen op te eten.

Mijn grootste beproeving waren de muskieten 's nachts. Vanaf de avondschemering maakten ze jacht op me. Ze kwamen zoemend aanvliegen en aten me levend op. Ik kon me nergens verbergen. Mijn nachten waren één lange marteling en 's ochtends krabde ik de beten open. Vooral op mijn benen waren sommige beten opgezwollen, en etterende rode zweren geworden. Het enige dat hielp tegen de pijn en de jeuk, was mezelf vaak onderdompelen in de koele zee.

Ik probeerde of het beter ging als ik in een andere grot sliep, die dieper en donkerder was. Maar het stonk er, en toen ik ontdekte dat hij vol zat met vleermuizen, ging ik meteen weg. Waar ik ook sliep, de muskieten vonden me algauw. Het werd zo erg dat ik elke nacht met angst tegemoet zag. Ik huilde van ellende terwijl ik wild naar ze zwaaide en mepte. Ik verlangde hevig naar de ochtend, de koele zee en de frisse wind op mijn heuveltop.

Daar bracht ik het grootste deel van de dag door. Terwijl ik op het hoogste punt zat, keek ik uit over zee en hoopte, en bad soms zelfs, dat ik een schip zou zien. Ik hield mijn ogen stijf dicht en bad zo lang ik kon, en dan deed ik mijn ogen weer open. Elke keer geloofde ik echt dat er een kans was dat mijn gebeden verhoord zouden worden – dat ik mijn ogen zou openen en de 'Peggy Sue' zou zien die me kwam redden. Maar de hele, uitgestrekte oceaan was altijd leeg. Niets onderbrak de lijn van de horizon. Natuurlijk was ik altijd teleurgesteld en vaak ontmoedigd, maar ik was nooit volledig wanhopig in die eerste weken.

Ik had ook grote problemen met zonnebrand. Ik was er nogal laat achter gekomen dat ik voortdurend al mijn kleren moest aanhouden. Om mijn gezicht en mijn nek tegen de zon te beschermen, maakte ik een hoed voor mezelf. Hij was heel breed en zag er Chinees uit. Ik had hem gevlochten van palmbladeren en ik was heel tevreden over mijn werk.

Zonnebrand, merkte ik, was een ongemak dat ik kon voorkomen en waartegen zeewater goed hielp. Aan het eind van de ochtend daalde ik de heuvel af om in mijn grot beschutting te zoeken tegen de brandende hitte van de middagzon, en later ging ik zwemmen. Dit was het moment waar Stella elke dag naar verlangde. Ik gooide urenlang stokken voor haar weg. Ze genoot ervan en ik eerlijk gezegd ook. Het was het hoogtepunt van onze dag. We hielden pas op als het donker werd. Dat ging altijd verrassend snel. En dan moesten we weer terug naar onze grot, en naar mijn nachtelijke strijd tegen mijn bloedzuigende kwelgeesten.

Toen Stella en ik op een dag uit het bos te voorschijn kwamen nadat we weer een ochtend tevergeefs de wacht hadden gehouden op de heuvel, zag ik in het zand voor onze grot iets liggen. Uit de verte leek het op een stuk drijfhout. Stella was er eerder dan ik en snuffelde er opgewonden aan. Ik zag nu wat het was. Het was geen drijfhout, maar een opgerolde rieten mat. Ik rolde hem uit. Er lag een wit laken in, dat netjes was opgevouwen. Hij wist het! De oude man wist van mijn ellende en mijn ongemak. Hij had me in de gaten gehouden, en van dichtbij ook. Hij moest gezien hebben hoe ik me krabde tot ik rode striemen had op mijn armen en benen, en hoe ik elke ochtend in zee ging zitten om mijn zweren tot rust te brengen. Maar dat betekende dan toch ook dat hij me vergeven had dat ik een vuur had gemaakt?

Ik droeg de mat de grot in, rolde hem weer uit en wikkelde mezelf in het laken. Ik lag gewoon te lachen van blijdschap. Ik kon het laken helemaal over mijn gezicht trekken.

Vanavond zouden die vervloekte muskieten nergens bij kunnen. Vanavond zouden ze honger moeten lijden.

Ik rende over het strand naar de grenslijn en bleef daar staan. Ik zette mijn handen aan mijn mond en riep hard: „Bedankt! Bedankt voor het bed! Bedankt! Bedankt!" Ik verwachtte geen antwoord en kreeg het ook niet. Ik hoopte dat hij misschien zelf zou komen, maar dat deed hij niet. Daarom schreef ik 'Bedankt' in het zand langs de grenslijn, met mijn naam erbij. Ik wilde hem zo graag weer zien, met hem praten, een menselijke stem horen. Stella Artois was natuurlijk een fantastische kameraad. Ik kon alles tegen haar zeggen, ik kon haar knuffelen en we deden spelletjes. Maar ik miste menselijk gezelschap – mijn vader en moeder, die ik misschien nooit meer zou zien. Ik verlangde ernaar om de oude man te zien en met hem te praten, zelfs al was hij een beetje gek en begreep ik niet veel van wat hij zei.

Die nacht was ik vastbesloten om wakker te blijven tot hij kwam. Maar ik lag zo fijn op mijn nieuwe slaapmat, beschermd door het laken om me heen, dat ik snel in slaap viel en niet één keer wakker werd.

De volgende ochtend na een ontbijt van vis, broodvrucht en kokosnoot, liepen Stella en ik weer naar de top van mijn heuvel. 'De Uitkijkheuvel' noemde ik hem nu, en de andere heuvel had ik 'Zijn Heuvel' gedoopt. Ik begon mijn Chinese hoed te repareren en verving een paar palmbladeren. Ze bleven nooit lang zitten. Toen ik even opkeek, zag ik een schip aan de horizon. Er was geen twijfel mogelijk. Het was het lange, massieve silhouet van een mammoettanker.

Abunai!

In een oogwenk stond ik overeind. Ik schreeuwde zo hard ik kon en zwaaide als een bezetene. Ik sprong op en neer, terwijl ik gilde dat ze moesten stoppen. Ik wou dat ze me hoorden, dat ze me zagen. „Ik ben hier! Hier! Ik ben hier!" Pas toen mijn keel pijn deed en ik niet meer kon schreeuwen, hield ik op. De tanker kroop tergend langzaam langs de horizon. Hij keerde niet, en ik wist nu dat hij ook niet zóú keren. Ik wist dat er niemand keek. En zelfs al keken ze, dan zou dit hele eiland niet veel meer zijn dan een verre, vage bult aan de horizon. Hoe konden ze mij dan zien? Ik kon alleen hulpeloos en wanhopig toekijken, terwijl de tanker onverbiddelijk verder en verder van me wegvoer, tot hij achter de horizon begon te verdwijnen. Dat duurde de hele ochtend. Het was een vreselijk gevoel.

Terwijl ik op de top van de Uitkijkheuvel stond te kijken, maakte mijn wanhoop plaats voor ziedende woede. Als ik een vuur had mogen maken, zou er in elk geval een kans zijn geweest dat ze de rook hadden opgemerkt. Het was waar dat de oude man me een slaapmat en een laken had gebracht. Hij zorgde voor me, hij hield me in leven, maar hij hield me ook gevangen.

Toen het laatste streepje van de tanker achter de horizon verdween, beloofde ik mezelf dat ik nooit meer zo'n kans voorbij zou laten gaan. Ik voelde in mijn zak. Ik had mijn kostbare brandglas nog. Ik besloot dat ik het zou doen. Ik zou een nieuw vuur maken, niet beneden op het strand waar hij het kon vinden, maar hier boven op de Uitkijkheuvel, achter de rotsen en onzichtbaar voor hem, zelfs al had hij een verrekijker – en dat moest ik nu wel aannemen. Ik zou een grote houtstapel bouwen, maar ik zou hem niet aansteken. Ik zou alles klaarleggen en wachten tot ik een schip zag. Als er één schip was gekomen, zouden er toch meer komen, dacht ik, en dan zou ik mijn brandglas klaar hebben, en een hoopje flinterdunne, kurkdroge bladeren. Ik zou een vuur als een vlammenzee maken en zo'n hoog rooksignaal de lucht in zenden dat het volgende schip dat langskwam, het wel móést zien.

Voortaan bracht ik mijn dagen niet meer door met op de Uitkijktoren zitten en wachten. Elk ogenblik dat ik daar boven was, besteedde ik aan het bouwen van mijn houtstapel. Ik sleepte grote takken vanuit het bos beneden tegen de puinhelling op en stapelde ze op elkaar aan de zeekant van de heuveltop. Als ik het vuur aanstak, was het daar uitstekend te zien voor schepen. Maar tot die tijd was het aan die kant ook goed verborgen voor de glurende blikken van de oude man. Ik voelde me nu zijn gevangene en ik wist zeker dat hij me in de gaten hield. Bij het sjouwen met hout zorgde ik ervoor dat hij me niet kon zien. Alleen iemand op zee had kunnen weten wat ik aan het doen was, en daar was niemand.

Het kostte me een paar dagen hard werken om mijn geheime houtstapel te bouwen. Toen ik bijna klaar was, ontdekte toch iemand wat ik in mijn schild voerde, maar het was niet de oude man.

Ik tilde een zware tak op de stapel, toen ik plotseling een schaduw op me voelde. Vanaf de rots boven me keek een orang-oetan op me neer. Ik wist niet zeker of het dezelfde was als de eerste keer. Hij stond op handen en voeten, met zijn geweldige schouders opgetrokken en zijn kop omlaag, en hij keek me een beetje scheef aan. Ik durfde me niet te bewegen. We wisten allebei niet goed wat we moesten doen, net als de vorige keer beneden op het strand.

Hij ging op zijn achterwerk zitten en bekeek me een tijdje met vriendelijke belangstelling. Toen draaide hij zich om, krabde nonchalant aan zijn gezicht en ging ervandoor. Hij stopte één keer om over zijn schouder naar me te kijken, voordat hij in de schaduw van de bomen verdween. Terwijl ik hem nakeek, kwam het in me op dat hij misschien als spion hierheen gezonden was en nu terugging naar de oude man om te vertellen wat hij had gezien. Het was natuurlijk een belachelijke gedachte, maar ik herinner me dat ik het dacht.

Die nacht barstte er een storm los boven het eiland. Het was zo'n angstaanjagende storm met zulke harde donderslagen en zo'n kabaal van regen en wind dat slapen volstrekt onmogelijk was. Grote oceaangolven beukten op het strand en lieten de grond onder me trillen. Ik legde mijn slaapmat helemaal achter in de grot. Stella kwam naast me liggen en kroop dicht tegen me aan. Dat had ik hard nodig.

Het duurde vier hele dagen voor de storm ging liggen. Maar zelfs op het hoogtepunt van de storm lag mijn ontbijt van vis en vruchten elke ochtend op me te wachten onder het blik, dat de oude man nu had vastgeduwd onder de rand van een steen. Stella en ik bleven in de beschutting van onze grot. Het enige wat we konden doen, was naar de regen kijken die buiten striemend omlaag kwam. Ik keek vol ontzag naar de reusachtige golven die kwamen aanrollen uit de open zee, omkrulden, braken en met een dreun als van een ontploffing stuksloegen op het strand. Het leek wel of ze het eiland probeerden te verbrijzelen, om ons allemaal mee te sleuren de zee in. Ik dacht vaak aan mijn vader en moeder en de 'Peggy Sue', en vroeg me af waar ze waren. Ik hoopte dat de tyfoon – want dat was het – langs hen heen was getrokken.

Op een ochtend hield de storm net zo plotseling op als hij begonnen was. De zon brandde aan een helderblauwe hemel en de oerwoudsymfonie ging verder waar hij gebleven was. Ik waagde me naar buiten. Het hele eiland dampte en drupte. Ik klom meteen naar de top van de Uitkijkheuvel, om te kijken of ik een schip kon ontdekken dat misschien door de storm uit zijn koers was geraakt of beschutting had gezocht in de luwte van het eiland. Er was niets te zien. Dat was een teleurstelling, maar mijn houtstapel was in elk geval niet ingestort. Hij was natuurlijk kletsnat, maar nog heel. Alles was kletsnat. Ik kon geen vuur maken tot het hout was gedroogd.

De lucht was de hele dag heet en zwaar. Het was moeilijk om te bewegen, en zelfs om adem te halen. Stella lag alsmaar te hijgen. De enige plaats waar je kon afkoelen was de zee. Het grootste deel van de dag lag ik te luieren in het water, terwijl ik af en toe met een stok gooide om Stella een plezier te doen.

Ik dreef zomaar wat in zee en was aan het dagdromen, toen

ik de stem van de oude man hoorde. Hij kwam aanrennen over het strand en schreeuwde naar ons, terwijl hij wild met zijn stok door de lucht zwaaide. „Yamero! Abunai! Gevaarlijk. Begrepen? Niet zwemmen." Hij leek niet boos op me, zoals de vorige keer, maar het was duidelijk dat hij ongerust was over iets.

Ik keek om me heen. De zee deinde nog, maar nu veel rustiger. Het waren de laatste resten van de storm. De golven vielen slap en uitgeput op het strand. Ik zag geen gevaar. „Waarom niet?" riep ik terug. „Wat is er dan?"

Hij had zijn stok op het strand laten vallen en waadde door de branding naar me toe.

„Niet zwemmen. Dameda! Abunai! Niet zwemmen." Hij pakte me bij mijn arm en trok me met geweld uit het water. Hij hield me in een ijzeren greep. Verzet was zinloos. Pas toen we op het strand waren, liet hij me eindelijk los. Hij stond even te hijgen. „Gevaarlijk. Heel slecht. Abunai!" zei hij, terwijl hij naar de zee wees. „Niet zwemmen. Heel slecht. Niet zwemmen. Begrepen?" Hij keek me strak aan en maakte duidelijk dat dit geen goede raad was, maar een bevel dat ik moest gehoorzamen. Toen draaide hij zich om en liep naar het bos. Onderweg raapte hij zijn stok op. Stella rende achter hem aan, maar ik riep haar terug.

Ik had zin om openlijk ongehoorzaam te zijn, om weer de zee in te rennen en zo lawaaiig en uitdagend mogelijk rond te spartelen. Dat zou hem leren. Ik was woedend, omdat het allemaal zo oneerlijk was. Eerst verbood hij me om een vuur aan te steken. Daarna werd ik verbannen naar één eind van het eiland, en nu mocht ik niet eens zwemmen. Ik wilde hem alle scheldwoorden naar zijn hoofd slingeren die ik kon bedenken. Maar ik deed het niet. En ik ging ook niet meer de zee in. Ik legde me erbij neer omdat ik niet anders kon. Ik had zijn eten en zijn water nodig. Tot mijn geheime houtstapel was gedroogd en het volgende schip voorbijkwam, moest ik doen wat hij zei. Ik had geen keus. Ik maakte wel een levensgrote tekening van hem in het zand voor mijn grot en sprong daarop woedend op en neer. Daardoor ging ik me iets beter voelen, maar niet veel.

Behalve af en toe een maagverkrampende aanval van heimwee en eenzaamheid, was het me tot nu toe gelukt er min of meer de moed in te houden. Maar dat veranderde. Mijn houtstapel bleef maar vochtig. Elke dag ging ik naar de top van de Uitkijkheuvel, in de hoop dat ik een schip zou zien. Maar altijd was de zee in alle richtingen helemaal leeg. Ik voelde me steeds meer alleen en ellendig. Ten slotte besloot ik niet meer de Uitkijkheuvel te beklimmen, omdat het gewoon niet de moeite waard was. In plaats daarvan bleef ik in mijn grot en lag overdag urenlang opgerold op mijn slaapmat. Ik gaf me over aan mijn ellende en dacht alleen aan mijn hopeloze toestand. Ik zou nooit van dit eiland af komen, ik zou hier sterven, en mijn vader en moeder zouden zelfs nooit weten wat er met me was gebeurd. Niemand zou dat weten, behalve de oude man, de krankzinnige, mijn gevangenbewaarder, mijn kwelgeest.

Het weer bleef heet en vochtig. Ik snakte ernaar om een duik te nemen in de oceaan, maar ik durfde niet. Hij keek vast

naar me. Elke dag ging ik de oude man meer haten, ondanks de vis, de vruchten en het water die hij me bleef brengen. Ik was niet alleen moedeloos en neerslachtig, maar ook boos. Geleidelijk leidde deze woede tot het vastberaden besluit om te ontsnappen, en hierdoor kreeg ik nieuwe moed. Ik maakte weer elke dag de tocht naar de top van de Uitkijkheuvel. Ik begon een verse voorraad droge bladeren en takjes te verzamelen langs de bosrand en stopte ze in een diepe spleet in de rotsen, zodat ze in elk geval droog zouden zijn als ik ze nodig had. Mijn houtstapel was eindelijk opgedroogd. Ik maakte hem nu nog hoger. Toen ik alles had gedaan wat ik kon, ging ik zitten wachten tot het zover was. Dat moment moest komen. Dag in dag uit, de ene week na de andere, zat ik op de Uitkijkheuvel. Ik had mijn gepoetste brandglas in mijn zak, en de houtstapel was klaar om in brand gestoken te worden.

Maar toen het moment kwam, was ik niet op de Uitkijkheuvel. Op een ochtend kwam ik slaperig mijn grot uit, en zag hem. Een boot! Een boot met vreemde roodbruine zeilen. Het leek me een soort Chinese jonk, en hij was helemaal niet zo ver weg. In mijn opwinding rende ik halsoverkop naar het strand en begon uit alle macht te schreeuwen en te gillen. Maar ik begreep meteen dat het hopeloos was. De jonk was wel niet zo heel ver, maar toch ver genoeg om me niet te kunnen horen of zien. Ik probeerde rustig te worden en na te denken… Het vuur! Ik moest het vuur aansteken!

Ik rende naar de top van de Uitkijkheuvel, zonder ook maar één keer te stoppen. Stella zat me blaffend op de hielen. Om me heen krijste, gilde en kraste het oerwoud om te protesteren tegen deze plotselinge opschudding. Ik legde mijn voorraad droge bladeren klaar, pakte mijn brandglas en hurkte naast de houtstapel om hem aan te steken. Maar ik trilde nu zo van opwinding en uitputting dat ik mijn hand niet stil genoeg kon houden. Daarom maakte ik een bouwsel van takjes en legde daar het glas op, zoals ik al eerder had gedaan. Daarna ging ik ernaast zitten en probeerde de bladeren met mijn wil te dwingen om te gaan smeulen. Elke keer dat ik naar de zee keek, was de jonk er nog. Hij voer langzaam weg, maar hij was er nog.

Het leek een eeuwigheid, maar eindelijk kwam er een dun rooksliertje en kort daarna verspreidde een prachtige, wonderbare gloed zich langs de rand van een blad. Ik bukte voorover om het vuur zachtjes aan te blazen.

Op dat moment zag ik zijn voeten. Ik keek op. De oude man stond vlak voor me. Hij keek woedend en diep gekwetst. Hij zei geen woord, maar begon mijn beginnende vuurtje uit te stampen. Hij greep mijn brandglas en smeet het naar de rotsen onder ons, waar het in stukken brak. Ik kon alleen toekijken en huilen, terwijl hij mijn onmisbare voorraad droge bladeren wegschopte, mijn houtstapel afbrak en de stokken en takken een voor een van de heuvel af slingerde. Terwijl hij daarmee bezig was, verscheen er een groep orang-oetans om toe te kijken.

Even later was er niets meer over van mijn houtstapel. Om me heen lag de puinhelling bezaaid met de overblijfselen ervan. Ik verwachtte dat hij tegen me zou gaan schreeuwen, maar dat deed hij niet. Hij praatte heel rustig en bedacht-zaam. „Dameda," zei hij.

„Waarom?" riep ik uit. „Ik wil naar huis. Daar is een boot. Ziet u dat niet? Ik wil alleen naar huis. Dat is alles. Waarom laat u me niet gaan? Waarom?"

Hij staarde me aan. Even dacht ik dat ik in zijn ogen iets van begrip zag. Toen boog hij heel stijf vanuit zijn middel en zei: „Gomenasai. Gomenasai. Sorry. Sorry." Daarna liep hij weg en verdween weer in het bos, gevolgd door de orang-oe-tans.

Ik bleef naar de jonk zitten kijken tot hij nog maar een puntje aan de horizon was en ik het niet meer kon verdragen. Intussen had ik bedacht hoe ik hem het beste kon uitdagen. Ik was zo woedend dat ik niet meer om de gevolgen gaf. Samen met Stella liep ik over het strand en bleef staan bij de grenslijn in het zand. Langzaam en nadrukkelijk stapte ik eroverheen. Tegelijk liet ik hem precies weten wat ik deed.

„Ziet u dat?" schreeuwde ik. „Kijk! Ik ben eroverheen ge-stapt. Ik ben over uw stomme lijn gestapt. En nu ga ik zwem-men. Het kan me niet schelen wat u hebt gezegd. Het kan me niet schelen als u me geen eten meer brengt. Hebt u dat gehoord?" Ik draaide me om en stormde over het strand naar de zee. Ik zwom als een bezetene, tot ik niet meer kon en een heel eind uit de kust was. Ik begon water te trappen en woe-dend om me heen te slaan, zodat het spatte en schuimde. „De zee is ook van mij, niet alleen van u," schreeuwde ik. „Ik zwem als ik er zin in heb."

Toen zag ik hem. Hij verscheen plotseling aan de rand van

het bos. Hij riep iets naar me en zwaaide met zijn stok. Op dat moment voelde ik een stekende, brandende pijn in mijn nek, langs mijn rug en toen ook in mijn armen. Naast me dreef een grote, doorschijnend witte kwal, die met zijn tentakels naar me greep. Ik probeerde weg te zwemmen, maar hij kwam achter me aan en joeg op me. Ik werd weer gestoken, nu in mijn voet. Het deed meteen ondraaglijk pijn. Het ging door mijn hele lichaam, als een elektrische schok die niet ophield. Ik voelde mijn spieren verstijven. Ik probeerde naar de kust te zwemmen, maar ik kon het niet. Mijn benen leken verlamd, en mijn armen ook. Ik verdween onder water en er was niets wat ik ertegen kon doen. Boven me zag ik de kwal zweven, klaar om me te doden. Ik gilde en ik kreeg mijn mond vol water. Ik begon te stikken. Ik ging verdrinken, ik zou doodgaan, maar het kon me niet schelen. Ik wilde alleen dat de pijn ophield. Als ik doodging, zou de pijn ophouden.

Wat stilte zeggen kon

Ik rook azijn en dacht dat ik thuis was. Mijn vader bracht op vrijdag altijd gebakken vis met patat voor ons mee voor het avondeten en hij deed er zelf graag een heleboel azijn over, zodat het hele huis er 's avonds naar stonk. Ik opende mijn ogen. Het was donker genoeg om avond te zijn, maar ik was niet thuis. Ik lag in een grot, maar het was niet mijn grot. Er hing een rooklucht. Ik lag op een slaapmat en was tot aan mijn kin bedekt met een laken. Ik wilde gaan zitten om rond te kijken, maar ik kon me niet bewegen. Ik probeerde mijn hoofd te draaien, maar ik kon het niet. Ik kon niets bewegen, behalve mijn ogen. Maar voelen kon ik wel. Mijn huid over mijn hele lichaam brandde van de pijn, alsof er kokend water over me heen gegoten was. Ik probeerde te roepen, maar ik kon amper fluisteren. Toen herinnerde ik me de kwal. Ik herinnerde me alles weer.

De oude man boog zich over me heen en legde zijn hand geruststellend op mijn voorhoofd. „Jij nu beter," zei hij. „Mijn naam Kensuki. Jij nu beter." Ik wilde hem naar Stella vragen, maar ze gaf zelf het antwoord al door haar koude neus in mijn oor te duwen.

Ik weet niet hoeveel dagen ik daar lag, half slapend en half wakend. Maar telkens als ik wakker werd, zat Kensuki naast me. Hij zei bijna nooit iets en ik kon niet praten, maar de stilte tussen ons zei meer dan woorden hadden gekund. Mijn vroegere vijand, die me gevangen gehouden had, was mijn redder geworden. Hij tilde me op om vruchtensap of warme soep in mijn mond te gieten. Hij sponsde me af met verkoelend water, en als de pijn zo erg was dat ik het uitschreeuwde, hield hij me vast en zong me zachtjes weer in slaap. Het was vreemd. Als hij voor me zong, leek het een echo uit het verleden, misschien van mijn vaders stem – ik weet het niet. Langzaam verdween de pijn. Hij verpleegde me vol tederheid en bracht me weer tot leven. De dag dat ik mijn vingers voor het eerst kon bewegen, was de eerste keer dat ik hem zag glimlachen.

Toen ik eindelijk mijn hoofd kon draaien, keek ik naar hem als hij in- en uitliep en bezig was in de grot. Stella kwam vaak naast me liggen en volgde hem ook met haar ogen.

Elke dag kon ik nu meer zien van mijn omgeving. Vergeleken bij mijn grot aan het strand was deze geweldig groot. Afgezien van het rotsgewelf boven mijn hoofd, was bijna nergens aan te zien dat het een grot was. Niets was primitief. Het leek meer op een huis met één grote kamer dan op een grot. Er was een keuken, een zithoek, een werkruimte en een slaapgedeelte.

Hij kookte boven een vuurtje dat voortdurend smeulde achter in de grot. De rook steeg op door een smalle spleet hoog in de rotsen. Misschien kwam het daardoor dat de muskieten me hier niet lastigvielen, dacht ik. Het leek of er altijd wel iets aan de houten driepoot boven het vuur hing: een zwartgeblakerde pot of iets wat eruitzag en rook als lange repen gerookte vis.

Op een houten plank zag ik de donkere glans van metalen potten en pannen, die netjes op een rij stonden. Er waren nog meer planken met tientallen blikken en flessen, die allerlei vormen en afmetingen hadden. Eronder hingen een heleboel bosjes gedroogde kruiden en bloemen. Die was hij vaak aan het stampen en mengen, maar ik wist niet precies waarvoor. Soms bracht hij ze naar me toe, zodat ik eraan kon ruiken.

De grotwoning was sober ingericht. Aan één kant van de ingang stond een lage houten tafel, die amper dertig centimeter hoog was. Daarop lagen zijn penselen keurig naast elkaar, en er stonden nog meer flessen en potten op, en ook schoteltjes.

Kensuki woonde en werkte vooral bij de ingang van de grot, waar het daglicht kwam. 's Avonds rolde hij zijn slaapmat uit langs de andere wand van de grotwoning, tegenover mij. Soms werd ik 's ochtends heel vroeg wakker en dan keek ik naar hem terwijl hij sliep. Hij lag altijd op zijn rug, met zijn laken om zich heen, en bewoog geen spier.

Kensuki zat elke dag urenlang bij zijn tafel geknield om te schilderen. Hij schilderde op grote schelpen, maar tot mijn teleurstelling liet hij me nooit zien wat hij had gemaakt. Het leek of hij niet vaak tevreden was over zijn werk. Als hij klaar was, waste hij de verf er meestal meteen af en begon opnieuw.

Aan de andere kant van de ingang was een lange werkbank, waarboven gereedschap hing – zagen, hamers en beitels. En voorbij de werkbank stonden drie grote houten kisten waarin hij vaak rommelde op zoek naar een schelp of een schoon laken. We namen elke dag een schoon laken.

In de grot droeg hij een soort ochtendjas die hij om zich heen sloeg (een kimono, hoorde ik later). Hij hield de grotwoning onberispelijk schoon en veegde minstens één keer per dag de vloer. Bij de ingang stond een grote kom water. Elke keer dat hij naar binnen kwam, waste hij zijn voeten en droogde ze af, voordat hij een stap in de grot zette.

De vloer was helemaal bedekt met matten die van riet gevlochten waren, net als onze slaapmatten. En de wanden waren rondom tot bijna twee meter boven de grond bekleed met bamboe. Het was eenvoudig, maar huiselijk. Er was geen rommel. Alles had zijn vaste plaats en bestemming.

Toen ik beter begon te worden, ging Kensuki steeds vaker weg en liet me alleen, maar gelukkig duurde het nooit erg lang. Vaak kwam hij zingend terug met vissen, vruchten, kokosnoten of kruiden, die hij trots aan mij liet zien. Soms kwamen de orang-oetans met hem mee, maar niet verder dan de ingang van de grot. Ze gluurden naar mij, en naar Stella, die altijd op een veilige afstand van hen bleef. Alleen de jongen waagden zich weleens naar binnen, maar als Kensuki dan in zijn handen klapte, stoven ze er meteen vandoor.

Tijdens die eerste dagen in de grotwoning wou ik zo graag dat we met elkaar konden praten. Er waren duizend raadselen, duizend dingen die ik wilde weten. Maar praten deed me nog pijn, en bovendien had ik het gevoel dat onze stilte hem goed beviel, en dat hij er zelfs de voorkeur aan gaf. Hij maakte een erg gesloten indruk, en leek daarmee tevreden.

Maar op een dag, nadat hij urenlang op zijn knieën aan een schilderij had gewerkt, kwam hij naar me toe en gaf het aan mij. Het was een schilderij van een boom, een bloeiende boom. Zijn glimlach zei alles. „Voor jou. Boom uit Japan," zei hij. „Ik man uit Japan." Vanaf dat moment liet Kensuki me al zijn schilderijen zien, zelfs degene die hij later weer afspoelde. Ze waren allemaal in zwart-wit en stelden orang-oetans, gibbons, vlinders, dolfijnen, vogels en vruchten voor. Slechts heel af en toe hield hij er één en borg dat zorgvuldig op in een van zijn kisten. Hij bewaarde verscheidene van zijn boomschilderijen, viel me op. Het waren altijd bloeiende bomen. 'Boom uit Japan' noemde hij die, en ik kon merken dat hij ze erg graag aan me liet zien. Het was duidelijk dat hij me liet delen in iets wat voor hem heel belangrijk was. Ik voelde me vereerd.

Elke dag kwam hij in de schemering naast me zitten en waakte over me, terwijl het laatste licht van de avondzon op zijn gezicht scheen. Ik had het gevoel dat hij me genas met zijn ogen. 's Avonds dacht ik vaak aan mijn vader en moeder. Ik wilde ze zo graag terugzien en hun laten weten dat ik nog leefde. Maar vreemd genoeg miste ik ze niet meer.

Na enige tijd kreeg ik mijn stem terug. Ik ontworstelde me langzaam aan de greep van de verlamming en werd weer sterker. Nu kon ik mee naar buiten met Kensuki, als hij dat vroeg, en dat deed hij vaak. In het begin zat ik met Stella op het strand en keek hoe hij met een speer viste in het ondiepe water. Hij stond heel stil en sloeg bliksemsnel toe. Op een dag maakte hij ook een speer voor mij. Ik mocht samen met hem vissen. Hij leerde me waar de grotere vissen zaten, waar de octopussen zich verborgen onder de rotsen, en hoe ik zo onbeweeglijk als een reiger moest staan wachten, met mijn speer vlak boven het water en mijn schaduw achter me, zodat de vissen niet werden afgeschrikt. Het spietsen van mijn eerste vis was net zoiets als het maken van het winnende doelpunt voor de Trappers. Het was een geweldig gevoel.

Het leek wel of Kensuki elke boom in het bos kende. Hij wist waar alle vruchten groeiden, welke rijp waren en welke niet, en of het de moeite waard was om ervoor in de boom te klimmen. Hij klom snel, behendig en zonder angst in de meest onmogelijke bomen. Niets in het bos kon hem bang maken, niet de gillende gibbons die boven hem langs zwaaiden om hem weg te jagen van hun vruchten, en ook niet de bijen die om hem heen zwermden als hij hun honingraat uit een gat hoog in een boom omlaag droeg (de honing gebruikte hij voor het inmaken van vruchten). En zijn groep orangoetans kwam altijd mee. Ze volgden ons door het bos, liepen vooruit over de paden of renden achter ons aan. Als Kensuki begon te zingen, kwamen ze meteen. Het leek bijna of ze gehypnotiseerd werden door de klank van zijn stem. Stella en ik wekten hun nieuwsgierigheid op, maar ze waren zenuwachtig en wij ook. Daarom bleven we voorlopig op enige afstand van elkaar.

Toen ik op een avond naar Kensuki zat te kijken die aan het vissen was, klauterde een van de jonge orang-oetans onverwachts op mijn schoot. Hij begon met zijn vinger mijn neus te onderzoeken, en daarna mijn oor. Hij trok er harder aan dan ik prettig vond, maar ik gilde niet. De andere volgden algauw zijn voorbeeld en gebruikten me als klimrek. Ook de oudere, de grote, staken af en toe een hand uit om me aan te raken, maar gelukkig waren die terughoudender en voorzichtiger. Stella bewaarde nog steeds een veilige afstand tot de orang-oetans, en andersom ook.

Al die tijd – ik geloof dat ik al een paar maanden op het eiland was – had Kensuki erg weinig gezegd. Hij sprak maar een paar woorden Engels en had er duidelijk veel moeite mee. Als we iets probeerden te zeggen, hielp dat meestal weinig om elkaar beter te begrijpen. Daarom namen we vooral onze toevlucht tot glimlachen, knikken, tekens geven en wijzen. Soms maakten we zelfs tekeningen in het zand om iets te verduidelijken. Het was genoeg voor het dagelijks leven. Maar er was zo veel dat ik dolgraag wilde weten. Hoe kwam het dat hij hier alleen op het eiland leefde? Hoe lang was hij hier al? En hoe kwam hij aan al die potten en pannen, het gereedschap, en het mes dat hij altijd aan zijn riem had? Waar kwamen de lakens vandaan waarmee een van zijn houten kisten gevuld was? Waar was hij zelf vandaan gekomen? En waarom was hij nu zo aardig voor me, zo behulpzaam, terwijl hij eerst zo'n hekel aan me had? Telkens als ik zoiets wilde vragen, schudde hij met zijn hoofd en wendde zich af, alsof hij een dove was die zich schaamde voor zijn gebrek. Ik wist nooit zeker of hij het echt niet begreep, of het alleen niet wílde begrijpen. Maar ik kon zien dat hij het vervelend vond, en dus vroeg ik niet verder. Vragen beschouwde hij blijkbaar als opdringerig. Ik legde me erbij neer dat ik moest wachten.

Ons leven samen was altijd druk, en zo regelmatig als een klok. Bij zonsopgang stonden we op en liepen een eindje het pad af om ons te wassen in de beek, waar het koele, heldere water uit de rotswand in een grote kom van gladde stenen viel. Daar wasten we ook onze lakens en kleren (hij had voor mij een eigen kimono gemaakt). We sloegen en kneedden ze op de stenen, en hingen ze daarna aan een boomtak te drogen. Het ontbijt bestond uit vruchtensap met veel vruchtvlees, dat elke dag anders smaakte, en bananen of kokosnoot. Van bananen kreeg ik nooit genoeg, maar kokos ging me algauw vervelen. De ochtenden brachten we door met vissen in de ondiepten of vruchten verzamelen in het bos. Na een storm gingen we soms op het strand nieuwe schelpen zoeken om te beschilderen. Alleen de grootste en platste waren goed genoeg. We namen ook drijfhout mee om de houtvoorraad achter in de grot aan te vullen. Er waren twee stapels, één voor het vuur en één voor timmerwerk, nam ik aan. Aan het eind van de ochtend gingen we terug naar de grotwoning voor een lunch van rauwe vis (altijd heel lekker) en meestal broodvruchten (altijd flauw en moeilijk naar binnen te krijgen). Nadat we allebei een kort middagslaapje hadden gedaan, ging hij aan zijn tafel zitten om te schilderen. Terwijl ik toekeek, raakte ik zo geboeid dat de avondschemering voor mij altijd te vroeg kwam. Dan kookten we vissoep boven het vuur. Alles ging erin, ook de koppen en de staarten, en een dozijn verschillende kruiden. Kensuki verspilde niets. En daarna waren er altijd rode bananen, zoveel ik wilde. Ik had nooit honger. Na het avondeten gingen we samen bij de ingang van de grot zitten en keken we hoe het laatste stuk van de zon in zee verdween. Dan stond hij zonder een woord te zeggen op. We bogen plechtig naar elkaar, en hij rolde zijn slaapmat uit en ik de mijne.

Ik vond het altijd wonderbaarlijk om Kensuki aan het werk te zien. Hij was zo volledig geconcentreerd bij alles wat hij deed. Maar het mooiste was het om hem te zien schilderen. In het begin mocht ik alleen op mijn knieën naast hem zitten en toekijken. Ik voelde dat hij hierbij ook op zijn privacy gesteld was en niet gestoord wilde worden. Voor zich op tafel zette hij drie schoteltjes: één met octopus-inkt (octopussen waren voor Kensuki niet alleen om te eten), één met water en één om te mengen. Hij hield zijn penseel altijd helemaal rechtop en heel stil in zijn hand, met vier vingers aan de ene kant en de duim aan de andere kant. Hij boog zich ver naar voren over zijn werk, zodat zijn baard bijna de schelp raakte die hij beschilderde. Ik denk dat hij een beetje bijziend was. Ik kon uren naar hem kijken en me verwonderen over zijn verfijnde manier van werken en zijn zekere penseelstreken.

Op een middag met veel regen – als het hier regende, regende het écht – zag ik dat hij voor mij ook een schelp had klaargelegd, met drie eigen schoteltjes en een eigen penseel. Hij genoot ervan om mij les te geven, en van al mijn onhandige pogingen. Ik herinner me dat ik vrij in het begin de kwal probeerde te schilderen die me had aangevallen. Hij begon hard te lachen toen hij het zag, maar niet spottend. Het was omdat hij het begreep en zich herinnerde wat ons tot elkaar had gebracht. Ik had altijd graag getekend, maar van Kensuki leerde ik ervan te houden. Om te tekenen of te schilderen moest ik eerst goed kijken, een vorm bedenken in mijn hoofd en die door mijn arm en de punt van het penseel op de schelp overbrengen. Dat leerde hij me allemaal zonder te praten. Hij liet het me gewoon zien. Overal om me heen was het bewijs dat hij erg goed was met zijn handen. Hij moest alle meubels in de grotwoning zelf getimmerd hebben, grotendeels van drijfhout: de kisten, de werkbank, de planken en de tafel. Ook de rieten matten en de wandbekleding van bamboe had hij zelf gemaakt. Toen ik beter keek, zag ik dat alles prachtig was afgewerkt zonder spijkers of schroeven, alleen met keurige houtverbindingen. Hier en daar had hij een soort lijm gebruikt, en soms ook draad. In een hoek lagen touwen voor boomklimmen, vissperen, visnetten en hengels (hoewel ik hem nog nooit met een hengel had zien vissen). Die moest hij allemaal zelf gemaakt hebben.

Zijn penselen maakte hij ook zelf, en na een tijdje ontdekte ik hoe hij dat deed. Een van de orang-oetans was Kensuki's lieveling. Het was een groot vrouwtje, dat hij Tomodachi noemde. Ze kwam vaak bij hem zitten om haar haren te laten kammen. Op een dag toen Kensuki daar vlak voor de grot mee bezig was terwijl de andere orang-oetans toekeken, zag ik dat hij met opzet haar langste en donkerste rugharen uittrok. Hij hield ze omhoog om ze aan mij te laten zien en grijnsde als een samenzweerder. Ik begreep niet goed wat hij in zijn schild voerde. Maar later zag ik dat hij de haren boven zijn werkbank bijknipte en in sap doopte dat hij 's ochtends had afgetapt uit de schors van een boom. Hij sneed een stuk van een holle bamboestengel en stak daar Tomodachi's haren

in. De volgende dag was de lijm hard en had hij een nieuw penseel. Het leek wel of Kensuki voor alles wat hij nodig had, een oplossing had bedacht.

Op een dag waren we zwijgend aan het schilderen, terwijl de regen neerkletterde op de bomen onder aan de heuvel. Opeens hield hij op, legde zijn penseel neer en zei heel langzaam en afgemeten, alsof hij er lang over nagedacht had: „Ik leer jou schilderen, Maika." (Dit was de allereerste keer dat hij me bij mijn naam noemde.) „Jij mij leren Engels spreken. Ik wil Engels spreken. Jij mij leren."

Dat was het begin van een Engelse les die maanden zou duren. Elke dag, van zonsopgang tot zonsondergang, vertaalde ik alles om ons heen in het Engels. We deden wat we altijd hadden gedaan, maar nu praatte ik aan één stuk door, en hij zei telkens woorden en zinnen na. Hij fronste zijn wenkbrauwen van inspanning.

Het was alsof hij elk woord dat hij zei, eenvoudig in zich opzoog. Nadat hij het gehoord en geoefend had, vergat hij het bijna nooit meer. Als dat toch gebeurde, was hij altijd erg boos op zichzelf. Soms als ik zorgvuldig een nieuw woord uitsprak, zag ik zijn ogen oplichten. Hij knikte en glimlachte, bijna alsof hij het woord herkende, of een oude vriend begroette. Hij herhaalde het telkens opnieuw en proefde de klank ervan voordat hij het voorgoed in zijn geheugen opsloeg. En hoe meer woorden hij kende, hoe meer hij ermee probeerde te experimenteren. Losse woorden werden korte uitdrukkingen en daarna hele zinnen. Maar zijn uitspraak ging niet vooruit, hoe hij ook zijn best deed. Michael bleef

Maika, en soms Maika-san. Toch konden we nu makkelijker met elkaar praten. Er was een eind gekomen aan de lange stilte waarin onze vriendschap was gegroeid. Het was nooit een barrière tussen ons geweest, maar het had de mogelijkheden beperkt.

Toen we een keer bij zonsondergang voor de grot zaten, zei hij: „Jij nu kijken of ik begrijp, Maika-san. Jij mij verhaal vertellen, verhaal over jou, waar je woont, waarom jij hier komt naar mijn eiland. Van baby tot nu. Ik luister."

Ik deed wat hij vroeg. Ik vertelde hem over thuis, over mijn vader en moeder, de steenfabriek die dichtging, het voetballen met Eddie en de Trappers, de 'Peggy Sue' en onze reis om de wereld, het voetballen in Brazilië, de leeuwen in Afrika, de spinnen in Australië, de ziekte van mijn moeder, en de nacht dat ik overboord sloeg.

„Heel goed. Ik begrijp. Heel goed," zei hij toen ik klaar was. „Jij houdt van voetbal. Ik ook toen ik klein. Heel gelukkige tijd, lang geleden nu, in Japan, thuis." Hij zweeg even. „Jij heel ver van huis, Maika-san. Jij heel bedroefd soms. Ik zie. Daarom ik jou gelukkig maak. Morgen wij gaan vissen en misschien ik ook mijn verhaal vertel. Mijn verhaal, jouw verhaal, misschien zelfde verhaal nu." Plotseling was de zon weg. We stonden op en bogen naar elkaar. „Oyasumi nasai," zei hij.

„Goedenacht," zei ik. Het was het enige moment van de dag waarop hij Japans sprak, hoewel hij wel in het Japans zong – meestal. Ik had hem 'Ik zag twee beren broodjes smeren' geleerd, en hij moest altijd lachen als hij dat zong. Ik hield van zijn manier van lachen. Het klonk nooit hard. Het was meer een lang gegrinnik, maar het gaf me altijd een warm gevoel.

De volgende ochtend pakte hij twee hengels en een net, en ging me voor, het bos in. „Vandaag wij vangen grote vissen, Maika, geen kleine vissen," kondigde hij aan. Hij bracht ons naar de kant van het eiland waar ik maanden geleden was aangespoeld. Sindsdien was ik er niet vaak meer geweest, want er groeiden daar bijna geen vruchten. We moesten ons moeizaam een weg banen door het bos, voordat we op een rotspaadje kwamen dat omlaag kronkelde naar een verborgen baai met een zandstrand. Toen we uit het bos het strand op liepen, stoof Stella ervandoor. Ze rende meteen het ondiepe water in en blafte naar me, omdat ze wilde dat ik met haar zou spelen.

Plotseling greep Kensuki mijn arm. „Kijk, Maika-san. Wat jij ziet?" Zijn ogen schitterden ondeugend. Ik wist niet waar ik naar moest zoeken. „Niets, hè? Ik heel slim. Kijk. Ik laat het zien." Hij liep naar het eind van het strand en ik volgde. Hij begon aan de struiken te trekken. Tot mijn verbazing zat alles los. Ik zag een boomstam in het zand liggen, en toen hij nog meer takken wegtrok, zag ik dat het een deel was van een boot. Het was een lange, brede boomstamkano met aan beide kanten drijvers. Er lag een dekzeil overheen, dat hij langzaam omvouwde, en hij grinnikte in zichzelf terwijl hij ermee bezig was.

Op de bodem van de kano, naast een lange roeiriem, lag mijn voetbal! Hij pakte hem en gooide hem naar me toe. De bal was zacht geworden en het witte leer was gebarsten en verkleurd, maar Eddies naam kon ik nog net lezen.

Iedereen dood in Nagasaki

Ik was dolblij. Ik had een deel van mezelf teruggevonden waarvan ik had gedacht dat ik het voorgoed verloren had. „Nu jij gelukkig, Maika-san," zei Kensuki stralend. „Ik ook gelukkig. Wij vissen. Ik jou straks vertel waar ik deze bal vind. Straks ik alles vertel. Kleine vissen niet zo goed nu. Niet zo veel. Soms wij grote vissen nodig uit de diepe zee. Wij de vissen roken. Dan wij altijd genoeg vissen om te eten. Jij begrijpt?"

De kano was een stuk zwaarder dan hij eruitzag. Ik hielp Kensuki om hem over het strand naar de zee te slepen. „Dit heel goede boot," zei hij, terwijl we Stella aan boord tilden. „Deze boot nooit zinkt. Ik zelf gemaakt. Heel veilige boot." Hij zette af en klom in de kano. Ik verbaasde me telkens weer over zijn enorme behendigheid en kracht. Hij roeide met één roeiriem, terwijl hij achter in de boot stond. Algauw waren we uit de beschutte baai, op de deining van de open zee.

Met mijn geliefde voetbal tegen me aan geklemd en met Stella aan mijn voeten zat ik naar hem te kijken en wachtte tot hij aan zijn verhaal begon. Ik wist nu dat ik hem niet onder druk moest zetten. Het vissen ging vóór. We deden aas aan de haken en begonnen rustig met vissen, elk aan een eigen kant van de kano. Ik wilde hem dolgraag vragen waar hij de voetbal had gevonden, maar ik durfde niet. Ik was bang dat hij dicht zou klappen en niets meer zou zeggen. Het duurde een tijdje voordat hij begon. Maar het was het wachten waard. „Nu ik jou alles vertel, Maika-san," zei hij, „zoals ik beloof. Ik oud, maar geen lang verhaal. Ik geboren in Japan, in Nagasaki. Heel grote stad aan de zee. Ik opgegroeid in deze stad. Als ik jonge man, ik studeer geneeskunde in Tokio. Ik word dokter, dokter Kensuki Ogawa. Ik heel trots. Ik zorg voor veel moeders, en veel baby's. Ik eerste mens veel baby's zien in de wereld. Daarna ik ga naar Londen. Ik studeer in Londen. Guy's Hospital. Jij kent?" Ik schudde mijn hoofd. „Natuurlijk ik leer spreken beetje Engels daar. Later ik terug naar Nagasaki. Ik heb mooie vrouw, Kimi. En kleine zoon ook, Michiya. Ik heel gelukkig in die tijd. Maar algauw oorlog komt. Alle Japanse mannen nu soldaten, of zeelui. Ik ga bij marine. Ik dokter op groot oorlogsschip."

Er trok een vis aan zijn lijn, die het aas opat zonder de haak in te slikken. Terwijl Kensuki nieuw aas aan de haak deed, vertelde hij verder: „Deze oorlog nu heel lang geleden."

Ik wist dat er oorlog was geweest met Japan. Ik had het weleens gezien in films, maar verder wist ik er erg weinig van af.

Hij schudde met zijn hoofd. „Veel mensen dood in deze oorlog. Deze oorlog vreselijke tijd. Veel schepen vergaan. Japanse leger wint veel gevechten. Japanse marine wint veel zeeslagen. Alle Japanners erg gelukkig. Net als bij voetbal. Als je wint, jij gelukkig. Als je verliest, jij bedroefd. Ik ga vaak naar huis. Ik zie mijn Kimi en mijn kleine Michiya in Nagasaki. Hij groeit snel. Al grote jongen. Wij heel gelukkige familie.

Maar oorlog duurt lang. Veel Amerikanen komen, veel schepen, veel vliegtuigen, veel bommen. Nu oorlog niet zo

94

goed voor Japan. We vechten, maar nu wij verliezen. Erg slechte tijd. Wij in grote zeeslag. Amerikaanse vliegtuigen komen. Mijn schip gebombardeerd. Brand en rook. Zwarte rook. Veel mannen verbranden. Veel mannen dood. Veel springen van schip in zee. Maar ik blijf. Ik dokter, ik blijf bij patiënten. Vliegtuigen komen weer. Nog meer bommen. Ik denk nu ik ga dood. Maar ik niet dood. Ik kijk overal op het schip. Alle patiënten dood. Alle zeelui dood. Ik enige die leeft, maar de motor loopt nog. Het schip vaart zelf. Het gaat waar het wil. Ik kan niet sturen. Ik kan niets doen. Maar ik luister naar de radio. Amerikanen zeggen op radio, grote bom op Nagasaki, atoombom. Veel mensen dood. Ik heel bedroefd. Ik denk Kimi dood, Michiya dood. Mijn moeder woont daar ook, mijn hele familie. Ik denk zij allemaal dood. Daarna radio zegt Japan zich overgeven. Ik zo bedroefd, ik wil niet leven."

Hij viste een tijdje zonder iets te zeggen. Toen ging hij verder: „Later, de motor stopt, maar het schip niet zinkt. Grote wind komt, grote storm. Ik denk, nu ik echt dood. Maar de zee brengt het schip en mij hier naar eiland. Het schip komt op het strand, en ik nog steeds niet dood.

Algauw ik vind eten, en ook water. Ik leef heel lang als zwerver. Ik voel me heel slecht. Ik denk, al mijn vrienden dood, mijn familie dood, en ik leef. Ik wil niet leven. Maar ik ontmoet de orang-oetans. Zij heel aardig voor mij. Het eiland heel mooi en vredig. Geen oorlog hier, geen slechte mensen. Ik zeg tegen mij, Kensuki, jij hebt geluk jij leeft. Misschien hier blijven.

Ik haal veel dingen van het schip. Ik haal eten, kleren, lakens en pannen. Ik haal flessen, mes, verrekijker en medicijn. Ik vind veel dingen, veel gereedschap. Ik neem alles mee. Als ik ben klaar, niet veel meer op het schip. Ik vind de grot. Ik verstop alles in de grot. Later, een verschrikkelijke storm. Het schip op de rotsen. Het zinkt. Op een dag Amerikaanse soldaten komen. Ik verberg. Ik wil me niet overgeven. Niet eervol. Ik ook erg bang. Ik verberg in het bos bij de orang-oetans. De Amerikanen maken vuur op het strand. Ze lachen 's avonds. Ik luister. Ik hoor ze. Ze zeggen, iedereen dood in Nagasaki. Zij erg gelukkig. Zij lachen. Ik weet nu zeker, ik blijf op het eiland. Waarom ik naar huis? De Amerikanen gaan weg. Mijn schip ligt al onder water. Ze vinden het niet. Mijn schip is daar nog, onder het zand. Deel van het eiland nu."

De roestige romp die ik de eerste dag had gevonden! Ik begon het allemaal te begrijpen.

Plotseling had ik beet. De vis rukte bijna de hengel uit mijn handen. Kensuki leunde naar me toe om te helpen. We moesten minutenlang trekken om de vis omhoog te halen, maar met zijn tweeën kregen we hem aan boord. Toen de vis eindelijk op de bodem van de kano lag te spartelen, zaten we even uit te hijgen. Het was een reusachtige vis, groter dan de grootste vis die ik ooit op het droge had gezien: de snoek die mijn vader thuis in het meer had gevangen. Kensuki gaf hem een harde klap achter zijn kop met het heft van zijn mes. „Goede vis. Heel goede vis. Jij knappe visser, Maika. Wij goed samen. Misschien wij vangen nog meer nu."

Maar het duurde vele uren voor we een tweede vis vingen, al leek het korter. Kensuki vertelde me over zijn leven helemaal alleen op het eiland. Hoe hij had geleerd te overleven en te eten wat hij vinden kon. Hij zei dat hij het meest had geleerd door te kijken wat de orang-oetans aten, en wat niet. Hij leerde te klimmen zoals zij dat deden. Hij leerde hun taal te begrijpen en op hun waarschuwingstekens te letten: de schichtige ogen en het nerveuze gekrab. Langzaam won hij hun vertrouwen en werd een van hen.

Toen we die avond naar huis gingen met drie grote vissen op de bodem van de boot – ik denk dat het tonijnen waren – was hij bijna klaar met zijn verhaal. Hij praatte verder terwijl hij roeide.

„Na de Amerikanen geen andere mensen meer naar mijn eiland komen. Ik alleen hier veel jaren. Ik vergeet Kimi niet. Ik vergeet Michiya niet. Maar ik leef. Toen, ongeveer jaar geleden, zij komen. Heel slechte mensen, doders. Ze hebben geweren. Ze jagen. Ze schieten. Ik zing voor mijn orang-oetans. Ze komen als ik zing. Zij erg bang. Zij allemaal in mijn grot. Wij verbergen. De doders vinden ons niet. Maar in het bos zij schieten andere apen. Jij noemt ze gibbons. Ze schieten de moeders. Ze nemen de baby's mee. Waarom? Ik erg boos. Ik denk, alle mensen zijn doders. Ik haat alle mensen. Ik wil geen mensen meer zien.

Dan op een dag ik grote vissen nodig om te roken. Ik ga vissen in deze boot. De wind blaast uit de verkeerde richting. Ik drijf ver van het eiland. De zee trekt mij mee. Ik probeer terug te gaan naar mijn eiland. Het lukt niet. Ik oud. Mijn armen niet sterk meer. Het wordt donker en ik nog ver weg. Ik word heel bang. Ik zing. Het geeft me moed. Ik hoor roepen. Ik zie een licht. Ik denk ik droom. Ik hoor iemand anders zingen in het donker op zee. Ik kom zo snel ik kan. Ik vind jou, en Stella en bal. Jij bijna dood, Maika-san. Stella ook bijna dood."

Dus het was Kensuki die me uit het water had gehaald. Hij was het die me had gered. Dat was nooit bij me opgekomen. „De volgende ochtend," ging hij verder, „de zee brengt ons terug naar mijn eiland. Ik heel blij jij niet dood. Maar ik ook heel boos. Ik wil alleen zijn. Ik wil geen mensen zien. Voor mij, alle mensen doders. Ik wil je niet op mijn eiland. Ik draag je naar het strand en leg je neer. Ik breng je voedsel en water, zodat jij niet dood. Maar jij maakt vuur. Ik wil mensen blijven weg. Ik wil niet mensen mij vinden op eiland. Misschien, zij komen. Misschien, zij schieten orang-oetans, schieten gibbons. Misschien, zij vinden mij, nemen me mee. Ik heel boos, ik maak vuur uit. Ik wil niet met je praten. Ik wil je niet zien. Ik trek een lijn in het zand.

Grote storm komt, grootste die ik ooit zie. Na de storm, de zee vol witte kwallen. Ik ken die kwallen. Heel slecht. Als ze aanraken, jij gaat dood. Ik weet het. Ik zeg, niet zwemmen, heel gevaarlijk. Later, ik zie jij maakt groot vuur op de heuvel. Ik denk jij heel slecht. Ik heel boos. Jij ook heel boos. Je zwemt in de zee. De kwal steekt. Ik denk je gaat dood. Maar jij heel sterk. Je leeft. Ik breng je naar mijn grot. Ik heb azijn, ik maak van bessen. Azijn vecht tegen gif. Je leeft, Maika, maar jij heel lang erg ziek. Jij nu weer sterk, en wij vrienden. Wij heel goede vrienden."

Dat was het hele verhaal. Hij hield even op met roeien en glimlachte naar me. „Jij nu zoon voor mij. Wij gelukkig. We schilderen. We vissen. Wij gelukkig. We blijven bij elkaar. Jij nu mijn familie, Maika-san. Ja?"

„Ja," zei ik. Ik meende het en voelde het zelf ook zo.

Hij liet mij de roeiriem vasthouden en liet me zien hoe ik staand moest roeien, met mijn voeten een flink eind uit elkaar. Het was niet zo makkelijk als het leek toen hij het deed. Toch vertrouwde hij er blijkbaar op dat ik terug naar het eiland kon varen, want hij ging voor in de kano liggen en viel bijna meteen in slaap, met zijn mond open. Als hij sliep, zag hij er altijd nóg ouder uit. Ik keek naar hem en probeerde me voor te stellen hoe hij eruit had gezien toen hij meer dan veertig jaar geleden op het eiland terechtkwam. Ik had zo veel aan hem te danken. Hij had twee keer mijn leven gered, hij had me eten gegeven en hij was mijn vriend geworden. Hij had gelijk. We waren gelukkig, en ik was zijn familie.

Maar ik had nog een familie. Ik dacht aan de vorige keer dat ik in een boot voer, en aan mijn vader en moeder. Wat zouden ze elke dag, en elke nacht, een verdriet om me hebben. Ze geloofden nu natuurlijk dat ik verdronken was, dat er geen kans meer was dat ik leefde. Maar ik wás niet verdronken. Ik lééfde. Dat moest ik hun op een of andere manier laten weten. Terwijl ik die middag worstelde om de kano terug naar het eiland te varen, verlangde ik er opeens heel sterk naar om hen terug te zien, om weer samen te zijn met mijn vader en moeder. Ik kon de boot stelen, bedacht ik. Ik kon wegroeien, of weer een vuur aansteken. Maar terwijl ik dit dacht, wist ik dat ik het niet zou doen. Hoe kon ik Kensuki nu in de steek laten, na alles wat hij voor me had gedaan? Hoe kon ik zijn vertrouwen beschamen? Ik probeerde het hele idee uit mijn hoofd te zetten, en ik geloof dat het me echt gelukt zou zijn. Maar de volgende ochtend vond ik een plastic colafles die was aangespoeld op het strand. Daarna kwam het idee om te ontsnappen alsmaar terug. Het achtervolgde me dag en nacht, en liet me niet met rust.

Een paar dagen bewaarde ik de colafles begraven onder het zand, terwijl ik met mijn geweten worstelde en probeerde te rechtvaardigen wat ik wilde doen. Het zou geen echt verraad zijn, zei ik tegen mezelf. Zelfs als de fles werd gevonden, zou niemand weten waar ze moesten zoeken. Ze zouden alleen weten dat ik nog leefde. Ik besloot dat ik het zou doen, en wel zo snel mogelijk.

Kensuki was op octopussen gaan jagen en ik was achtergebleven om een schilderij op een schelp af te maken – dat had ik hem tenminste verteld. Ik vond een oud laken onder in een van zijn kisten en scheurde er een hoekje af. Daarna knielde ik bij de tafel, trok het stukje laken strak en schilderde er met octopusinkt een boodschap op:

Aan: de Peggy Sue, Fareham, Engeland.
Lieve papa en mama,
Ik leef. Het gaat goed met me. Ik ben op een eiland. Ik weet niet waar. Kom me halen.
Dag,
Michael

Ik wachtte tot het droog was, en toen rolde ik het op. Ik haalde de colafles, schoof mijn boodschap erin en schroefde de dop stevig vast. Ik keek of Kensuki echt nog aan het vissen was, en ging op pad.

Ik rende over de hele lengte van het eiland en bleef voortdurend tussen de bomen, zodat Kensuki niet kon zien waar ik heen ging of wat ik van plan was. De gibbons gilden beschuldigend naar me en het hele bos kraste en krijste afkeurend. Ik hoopte dat Stella niet zou terugblaffen en zo zou verraden waar ik was. Gelukkig deed ze dat niet.

Uiteindelijk kwam ik bij de rotsen aan de voet van de Uitkijkheuvel. Ik sprong van steen tot steen, tot ik helemaal aan het eind van het eiland stond. De golven spoelden over mijn voeten. Ik keek om me heen. Stella was de enige getuige. Ik slingerde de fles zo ver mogelijk in zee. Toen bleef ik staan kijken, terwijl hij wegdobberde. Hij was onderweg.

Die avond raakte ik mijn vissoep niet aan. Kensuki dacht dat ik ziek was. Ik kon bijna niet tegen hem praten. Ik kon hem niet in zijn ogen kijken. De hele nacht werd ik gekweld door schuldgevoelens, en toch hoopte ik tegen beter weten in dat mijn fles zou worden gevonden.

De volgende middag waren Kensuki en ik aan het schilderen, toen Stella de grot in trippelde. Ze had de colafles in haar bek. Ze liet hem vallen en keek naar me op. Ze hijgde en was tevreden over zichzelf.

Kensuki lachte en raapte de fles op. Ik geloof dat hij hem aan mij wilde geven, maar toen merkte hij dat er iets in zat. Aan zijn blik kon ik zien dat hij meteen wist wat het was.

De nacht van de schildpadden

Dat was het begin van een lang, pijnlijk zwijgen. Kensuki maakte me niet één keer verwijten over wat ik had gedaan. Hij was niet boos of nors tegen me. Maar ik wist dat ik hem diep had gekwetst. We praatten wel met elkaar, maar niet meer zoals daarvóór. We leefden elk in onze eigen cocon, heel beleefd, maar niet meer samen. Hij had zich afgesloten en zich teruggetrokken in zijn eigen gedachten. De warmte was weg uit zijn ogen. Er klonk geen gelach meer in de grotwoning. Hij zei het nooit – dat was ook niet nodig – maar ik wist dat hij nu liever alléén schilderde en viste. Hij wilde alleen zijn.

Daarom zwierf ik dag in dag uit met Stella over het eiland. Als ik terugging naar de grot, hoopte ik dat hij het me vergeven had, dat we weer vrienden konden zijn. Maar hij bewaarde altijd die afstand tussen ons. Ik treurde over de vriendschap die ik verspeeld had. Ik herinner me dat ik nu vaak naar het andere eind van het eiland ging, naar de Uitkijkheuvel, en daar urenlang bleef zitten. Ik keek niet meer of ik een schip zag, maar oefende hardop mijn verklaring. Maar hoe ik ook oefende en erover nadacht, ik kon mezelf er nooit van overtuigen dat het geen verraad was geweest. Uiteindelijk was het Kensuki die het me uitlegde.

Op een avond lagen we net in bed, toen Tomodachi naar

de ingang van de grot kwam en daar bleef zitten. Dat had ze de laatste tijd al een paar keer gedaan. Ze bleef een paar minuten naar ons kijken en ging er dan weer vandoor.

Kensuki begon in het donker te praten. „Zij Kikanbo weer kwijt," zei hij. „Ze verliest haar kind telkens. Kikanbo erg stout. Hij rent vaak weg. Hij maakt zijn moeder erg bedroefd." Hij klapte in zijn handen om haar weg te sturen. „Kikanbo niet hier, Tomodachi. Niet hier."

Maar Tomodachi bleef. Ik denk dat ze troost zocht. Ik had al eerder gemerkt dat de orang-oetans vaak naar Kensuki kwamen als ze bang waren of van streek. Dan wilden ze dicht bij hem zijn. Na een tijdje sloop Tomodachi weg, de nacht in, en liet ons weer alleen, met de bosgeluiden en de stilte tussen ons in.

„Ik veel gedacht," doorbrak Kensuki plotseling de stilte. „Jij slaapt, Maika-san?" Hij had me al weken niet meer bij mijn naam genoemd, sinds het voorval met de colafles.

„Nee," zei ik.

„Heel goed. Ik wil veel zeggen. Jij luistert. Ik praat. Ik veel nagedacht. Als ik denk aan Tomodachi, ik denk aan jouw moeder. Jouw moeder ook haar kind verloren. Zij jou verloren. Heel droevig voor haar. Misschien zij zoekt jou, en niet vindt. Je bent er niet als ze zoekt. Ze denkt jij bent dood. Maar ze ziet je in haar hoofd. Misschien nu, terwijl ik praat, zij jou ook in haar hoofd ziet. Jij bent daar altijd. Ik weet het. Ik heb ook zoon. Ik heb Michiya. Hij altijd in mijn hoofd. Net als Kimi. Zij dood, maar toch in mijn hoofd. Ze blijven altijd in mijn hoofd."

Hij zweeg een hele tijd. Ik dacht dat hij in slaap was gevallen. Toen begon hij weer te praten. „Ik vertel je alles wat ik heb gedacht, Maika-san. Dat is het beste. Ik blijf op eiland omdat ik het wil. Ik wil niet terug naar Japan. Voor jou, het is anders. Jij wil terug naar huis over de zee, en dat is goed. Goed voor jou. Maar niet goed voor mij. Voor mij heel droevig. Ik leef hier veel jaren alleen. Ik hier gelukkig. Dan jij komt. Ik haat jou als je eerst komt. Maar later, je bent zoon voor mij. Ik nu heel bedroefd als je weggaat. Ik praat graag met jou. Ik luister graag. Ik hoor graag je stem. Ik wil dat je hier op eiland blijft. Begrijp je?"

„Ik geloof het wel," zei ik.

„Maar je doet één ding dat heel slecht is. We zijn vrienden, maar je vertelt mij niet wat je voelt. Je zegt niet wat je doet. Dat niet eervol. Als ik zie fles met boodschap, ik word heel bedroefd. Maar later, ik begrijp. Je wil hier bij mij blijven en je wil ook naar huis. Daarom als je fles vindt, jij schrijft boodschap. Je vertelt niet wat je doet, omdat je weet het maakt mij bedroefd. Ja?"

„Ja," zei ik.

„Je bent heel jong, Maika-san. Je schildert goed, heel goed, als Hokusai. Je hebt nog lang leven voor je. Je kunt niet hele leven op eiland blijven met oude man die op een dag doodgaat. Daarom denk ik nu anders. Ik maak plan voor morgen. Weet je?" Hij wachtte niet op een antwoord. „We maken nieuw vuur, grote houtstapel. Dan zijn we klaar als we schip zien. Dan ga jij naar huis. En we doen morgen nog iets. We voetballen. Jij en ik. Goed?"

„Ja." Dat was alles wat ik kon zeggen. In die korte tijd had hij me bevrijd van al mijn schuldgevoelens. Hij had me heel gelukkig gemaakt en me nieuwe hoop gegeven. „Heel goed. Heel goed. Jij nu slapen. Morgen we moeten hard werken, en veel voetballen."

De volgende ochtend begonnen we een houtstapel te bouwen op de heuveltop boven de grotwoning. We gebruikten het grootste deel van het brandhout dat we voor het kookvuur verzameld hadden en op een droge plek achter in de grot bewaarden. Hij offerde zelfs een paar van zijn mooiste stukken drijfhout op. We hoefden het hout niet ver weg te brengen en algauw hadden we genoeg voor een flink vuur. Kensuki zei dat het voorlopig voldoende was en dat we later meer konden halen uit het bos. Elke dag, als we er zin in hadden, konden we de stapel groter maken. „We maken zo groot vuur dat ze in Japan zien," zei hij lachend. „Kom, we eten, en slapen, en dan voetballen. Ja?"

Later die middag zetten we stokken als doel in het zand, en we schoten om de beurt op elkaar. De bal was erg zacht en stuitte op het zand net zo slecht als vroeger op het modderige schoolveld, maar het gaf niet. Hoewel Kensuki met een stok liep en zelf stokoud leek, kon hij nog goed genoeg tegen een bal trappen om hem langs me in het doel te schieten, en dat deed hij ook.

We hadden zoveel plezier dat we geen van tweeën wilden stoppen. Terwijl de orang-oetans verbaasd toekeken en Stella telkens in de weg liep en achter de bal aan rende als er een doelpunt was gescoord, gingen we door tot de duisternis ons dwong om terug te gaan, de heuvel op. We waren allebei zo moe dat we alleen een heleboel water dronken, een paar bananen aten en daarna meteen onze slaapmat opzochten.

Na deze verzoening leerde ik Kensuki nog beter kennen dan daarvoor. Zijn Engels ging snel vooruit, en hij sprak het graag. Om een of andere reden vond hij het makkelijk om te praten terwijl we aan het vissen waren in zijn kano. Dat deden we niet zo vaak. Eigenlijk alleen als we in de poelen niet genoeg vingen en we grote vissen nodig hadden om te roken en een voorraad aan te leggen.

Op zee vertelde hij het ene verhaal na het andere. Hij praatte veel over zijn jeugd in Japan, en over zijn tweelingzusje. Hij had haar een keer in hun tuin uit een boom geduwd. Dat was het ergste wat hij ooit had gedaan. Ze had haar arm gebroken, en als hij die kersenboom schilderde, moest hij altijd aan haar denken. Maar zij was ook in Nagasaki geweest toen de bom viel. Ik herinner me dat hij me zelfs vertelde op welk adres hij had gewoond toen hij in Londen studeerde: Clanricarde Gardens 22. Ik ben het nooit vergeten. Hij was een keer naar een voetbalwedstrijd geweest van de club Chelsea en daarna had hij op Trafalgar Square op een beeld van een leeuw gezeten. Een politieman had hem op zijn kop gegeven.

Maar het meeste praatte hij over Kimi en Michiya. Hij had Michiya zo graag willen zien opgroeien. Als de bom niet op Nagasaki was gevallen, zou Michiya nu bijna vijftig zijn geweest, zei hij, en Kimi zou net zo oud zijn als hij: vijfenzeventig. Als Kensuki in die stemming was, viel ik hem bijna nooit in de rede, maar één keer zei ik om hem te troosten: „Bommen doden nooit iedereen. Misschien leven ze nog. Je kunt nooit weten. U zou terug kunnen gaan om het te vragen." Hij keek me aan alsof het in al die jaren nooit eerder bij hem was opgekomen. „Waarom niet?" ging ik verder. „Als we een schip zien en het vuur aansteken, en ze komen ons halen, kunt u ook meekomen. U kunt teruggaan naar Japan. U hoeft hier niet te blijven."

Hij dacht er een tijdje over na, maar schudde toen zijn hoofd. „Nee," zei hij. „Ze zijn dood. Het was een heel grote bom, een vreselijke bom. Die Amerikanen zeiden dat Nagasaki helemaal verwoest was, elk huis. Ik heb het gehoord. Mijn familie is beslist dood. Ik blijf hier. Hier ben ik veilig. Ik blijf op mijn eiland."

Elke dag maakten we de houtstapel voor het vuur groter. Hij was nu reusachtig, nog hoger dan de stapel die ik op de Uitkijkheuvel had gebouwd. Voordat we 's ochtends naar de beek afdaalden om ons te wassen, stuurde Kensuki me altijd met zijn verrekijker naar de top van de heuvel. Ik zocht de horizon af en werd verscheurd door angst en hoop. Natuurlijk wilde ik graag een schip zien. Ik verlangde ernaar om naar huis te gaan. Maar tegelijk zag ik vreselijk tegen de gevolgen op. Ik voelde me thuis bij Kensuki. De gedachte dat ik hem in de steek zou laten, maakte me enorm verdrietig. Ik besloot mijn uiterste best te doen om hem over te halen met me mee te gaan als er een schip kwam.

Telkens als zich een kans voordeed, vertelde ik hem over de buitenwereld, en het leek of hij er steeds meer belangstelling voor kreeg. Natuurlijk vertelde ik nooit over alle oorlogen, hongersnoden en rampen. Ik maakte de wereld zo mooi mogelijk. Er was zo veel wat hij niet wist. Hij verbaasde zich over alles wat ik hem vertelde. Over de magnetron die we in de keuken hadden, over computers en wat die allemaal konden, over de Concorde die sneller ging dan het geluid, over mensen die naar de maan vlogen, en over satellieten. Het was niet eenvoudig om het allemaal uit te leggen. Sommige dingen geloofde hij niet eens, of in elk geval niet meteen.

Na een tijdje begon hij me vragen te stellen. Hij vroeg vooral veel over Japan, maar daar wist ik erg weinig van. Eigenlijk alleen dat we thuis in Engeland veel spullen hadden die in Japan gemaakt waren: magnetrons, auto's, televisies, de stereo-installatie van mijn vader en de haardroger van mijn moeder.

„Ik ben ook in Japan gemaakt," zei hij lachend. „En dit oude apparaat doet het nog goed. Het is nog heel sterk."

Hoe ik ook groef in mijn geheugen, na een tijdje kon ik niets nieuws meer bedenken om hem over Japan te vertellen. Maar hij bleef vragen stellen.

„Weet je zeker dat er in Japan nu geen oorlog is?"

Ik dacht van niet en zei dat.

„Hebben ze Nagasaki weer opgebouwd na de bom?"

Ik zei van wel, en hoopte dat ik gelijk had. Ik probeerde hem gerust te stellen, en dan vertelde ik hem telkens weer de paar dingen die ik wist. Hij scheen het heerlijk te vinden om het te horen, als een kind dat naar zijn lievelingssprookje luistert.

Op een keer, toen ik maar weer eens had uitgeweid over het prachtige geluid van de Sony stereo-installatie van mijn vader die het hele huis kon laten trillen, zei hij heel zacht: „Misschien ga ik op een dag, voor ik sterf, terug naar huis. Misschien ga ik op een dag terug naar Japan." Ik wist niet zeker of hij het meende, maar het betekende in elk geval dat hij erover dacht, en dat was hoopgevend. Pas na de nacht van de schildpadden ging ik geloven dat Kensuki het echt van plan was.

Ik was vast in slaap toen hij me wakker maakte. „Kom, Maika-san. Kom snel. Kom," zei hij.

„Waarom?" vroeg ik, maar hij was al weg. Ik rende hem achterna, het maanlicht in. Halverwege het pad haalde ik hem in. „Wat is er? Waar gaan we heen? Is er een schip?"

„Geduld. Je ziet het zo."

Stella bleef naast me lopen tot aan het strand. Ze ging niet graag in het donker naar buiten. Ik keek om me heen. Er was niets te zien. Het strand leek volledig verlaten. De golven klotsten lusteloos. De maan gleed tussen de wolken door en de wereld om me heen leek zo stil, alsof hij zijn adem inhield. Ik zag niet wat er aan de hand was, totdat Kensuki zich plotseling op zijn knieën in het zand liet vallen.

„Ze zijn heel klein. Soms zijn ze niet sterk genoeg. Soms komen 's ochtends de vogels en eten ze op."

Toen zag ik het.

Eerst dacht ik dat het een krab was, maar dat was niet zo. Het was een heel klein schildpadje, nog kleiner dan een kikker. Het klom uit een kuil in het zand en scharrelde snel over het strand naar de zee. En nog één, en nog één. Ik zag er nu tientallen, honderden, misschien wel duizenden, die zich allemaal over het maanovergoten zand naar de zee haastten. Het strand krioelde ervan. Stella snuffelde aan een van de schildpadjes en ik verbood het haar. Ze gaapte en keek met een onschuldig gezicht naar de maan.

Ik zag een schildpadje op zijn rug op de bodem van de kuil liggen. Hij trappelde wild met zijn poten. Kensuki reikte omlaag, pakte hem voorzichtig op en zette hem rechtop op het zand.

„Ga naar de zee, kleine schildpad," zei hij. „Ga leven. Dan word je een mooie, grote schildpad. Misschien kom je op een dag terug en zie je mij." Hij ging op zijn hurken zitten en keek het schildpadje na. „Weet je hoe het gaat, Maika? De moederschildpadden leggen hier hun eieren. En één keer per jaar, 's nachts bij volle maan, worden de schildpadjes dan geboren. Ze moeten ver lopen naar de zee. Veel gaan dood. Daarom blijf ik altijd om te helpen. Ik verjaag de vogels, zodat ze de schildpadjes niet opeten. Later, na een heleboel jaren, als de schildpadden groot zijn, komen ze terug. Ze leggen zelf eieren. Echt waar, Maika-san."

De hele nacht hielden we de wacht bij de grote kraamkamer, terwijl de baby-schildpadjes naar de zee renden. We liepen samen heen en weer en voelden in alle kuilen of er schildpadjes waren achtergebleven, omdat ze er niet uit konden komen. We vonden een heel stel die te zwak waren voor de tocht, en droegen ze naar de zee. In het water leken ze nieuwe kracht te krijgen. Ze zwommen weg, zonder dat ze zwemles nodig hadden. We zetten er tientallen rechtop en dreven ze veilig naar de zee.

Toen het licht werd en de vogels kwamen om eten te zoeken, waren wij er om ze weg te jagen. Stella stoof blaffend op ze af, en wij renden zwaaiend en schreeuwend naar ze toe en gooiden met stenen. Het ging niet altijd goed, maar de meeste schildpadjes bereikten levend de zee. Ook daar waren ze nog niet helemaal veilig. Hoewel we ons uiterste best deden, werden er toch een paar door vogels uit het water opgepikt en meegenomen.

Aan het eind van de ochtend was het voorbij. Kensuki was moe, toen we tot onze enkels in het water stonden en de allerlaatste nakeken die wegzwommen. Hij sloeg een arm om mijn schouder. „Ze zijn heel klein, Maika-san, maar heel dapper. Ze zijn dapperder dan ik. Ze weten niet wat ze daar vinden, wat er met ze gebeurt. Toch gaan ze. Dat is heel dapper. Misschien is het een goede les voor mij. Ik heb een besluit genomen. Als er op een dag een schip komt en we het vuur aansteken en ze ons vinden, ga ik hier weg. Net als de schildpadden. Ik ga met je mee. Ik ga terug naar Japan. Misschien vind ik Kimi. Misschien vind ik Michiya. Ik ontdek de waarheid. Ik ga met je mee, Maika-san."

Dodelijk bezoek

Kort hierna begon de regentijd. We werden gedwongen om dagenlang in de grotwoning te schuilen. De paden werden woeste bergbeken, en het bos werd een moeras. Het gekletter van de regen op de bomen buiten deed me terugverlangen naar het gehuil van de gibbons. Het regende niet in vlagen zoals thuis, maar onophoudelijk, aan één stuk door. Ik maakte me zorgen over onze houtstapel, die elke dag verder doordrenkt raakte met water. Zou hij ooit nog opdrogen? Zou deze regen ooit ophouden? Maar Kensuki bleef er heel kalm onder. „Het houdt op als het ophoudt, Maika-san," zei hij. „Je kunt de regen niet laten ophouden door het te willen. Bovendien is de regen heel goed voor alles. Hij laat de vruchten groeien en de beek stromen. Hij houdt de apen in leven, en jou en mij ook."

Elke ochtend rende ik met de verrekijker naar de top van de heuvel, maar ik weet eigenlijk niet waarom ik de moeite nam. Soms regende het zo hard dat ik de zee amper kon zien.

Af en toe waagden we ons in het bos om fruit te halen. Er waren nu heel veel bessen, die Kensuki beslist wilde plukken. Hij scheen het minder erg te vinden om kletsnat te worden dan ik. Soms aten we wat bessen, maar van de meeste maakte hij azijn. De rest maakte hij in met honing en water. „Als appeltje voor de dorst," zei hij lachend. (Hij vond het leuk om uitdrukkingen te gebruiken die hij net geleerd had.) We aten veel gerookte vis. Daarvan scheen hij altijd genoeg voorraad te hebben. Ik kreeg er erge dorst van, maar het ging nooit vervelen.

Wat ik me het beste herinner van de regentijd, is dat we zoveel schilderden. We waren urenlang bezig, tot de octopusinkt opraakte. Kensuki schilderde nu meer dingen van vroeger: zijn huis in Nagasaki, en verscheidene portretten van Kimi en Michiya die samen onder de kersenboom stonden. Het viel me op dat hij de gezichten altijd heel vaag liet. Hij legde een keer uit waarom. (Hij sprak nu bijna vloeiend Engels.)

„Ik weet wie ze zijn," zei hij. „Ik herinner me waar ze zijn. In mijn hoofd kan ik ze horen, maar ik kan ze niet zien."

Ik werkte dagenlang aan mijn eerste portret van een orangoetan. Het was Tomodachi. Ze zat vaak treurig en druipnat bij de ingang van de grot, bijna alsof ze voor me poseerde. Daar maakte ik gebruik van.

Kensuki was verrukt over mijn schilderij en prees me uitbundig. „Je kunt een goede schilder worden, Maika-san. Misschien wel net als Hokusai." Dat was de eerste beschilderde schelp van mij die hij bewaarde en in zijn kist opborg. Ik was heel trots. Daarna wilde hij veel van mijn schilderijen bewaren. Vaak haalde hij ze uit de kist om ze zorgvuldig te bestuderen. Hij wees me aan wat beter kon, maar hij was altijd heel mild in zijn kritiek. Onder zijn toeziend oog, en gesteund door zijn aanmoedigingen, leek elk schilderij dat ik maakte beter gelukt, meer zoals ik het wilde.

Op een ochtend klonk weer het gehuil van de gibbons. De regentijd was voorbij. We gingen vissen in de poelen, en ook op zee. Algauw hadden we onze voorraad gerookte vis en octopus-inkt aangevuld. We voetbalden weer. En ondertussen droogde de houtstapel op de top van de heuvel.

We namen de verrekijker nu altijd met ons mee, voor het geval we een schip zagen. We raakten hem een keer bijna kwijt doordat Kikanbo, Tomodachi's zoon die altijd wegliep en die de brutaalste was van alle jonge orang-oetans, hem stal en ermee het bos inrende. Toen we Kikanbo eindelijk inhaalden, wilde hij de verrekijker niet teruggeven. Ten slotte moest Kensuki hem omkopen: een rode banaan voor een verrekijker.

Maar na een tijdje begonnen we te leven alsof we voorgoed op het eiland zouden blijven, en dat zat me vreselijk dwars. Kensuki repareerde zijn kano. Hij maakte nog meer azijn. Hij verzamelde kruiden en droogde ze in de zon. En hij leek steeds minder belangstelling te hebben voor een schip. Het leek wel of hij het helemaal vergeten was.

Hij voelde mijn onrust. Op een dag werkte hij aan de boot, terwijl ik, nog steeds vol goede hoop, de zee afzocht met de verrekijker. „Het is makkelijker als je zo oud bent als ik, Maika-san," zei hij.

„Wat?" vroeg ik.

„Wachten," antwoordde hij. „Op een dag komt er een schip, Maika-san. Misschien gauw, misschien niet zo gauw. Maar het komt. Je moet je leven niet doorbrengen met hopen en wachten. Je moet leven."

Ik wist natuurlijk dat hij gelijk had. Maar alleen als ik volledig opging in het schilderen, kon ik alle gedachten aan een redding, en aan mijn vader en moeder, uit mijn hoofd zetten.

Op een ochtend werd ik wakker doordat Stella buiten blafte. Ik stond op en ging naar haar toe. Eerst zag ik haar nergens. Ten slotte vond ik haar halverwege de heuvel. Ze blafte en gromde, en haar nekharen stonden overeind. Algauw zag ik waarom. Een jonk! Ver op zee voer een kleine jonk. Ik rende de heuvel af en kwam Kensuki tegen terwijl hij de grotwoning uitkwam en zijn riem vastgespte.

„Ik heb een boot gezien!" riep ik. „Het vuur! We moeten het vuur aansteken!"

„Ik wil eerst kijken," zei Kensuki. Ondanks al mijn protesten ging hij terug naar binnen om zijn verrekijker te halen. Ik stormde weer de heuvel op. De jonk was dicht genoeg bij de kust. Ze zouden beslist de rook zien. Ik wist het zeker. Kensuki kwam langzaam naar boven naar me toe. Het was om gek van te worden. Het leek wel of hij helemaal geen haast had. Hij bestudeerde de boot zorgvuldig door zijn verrekijker en nam er alle tijd voor.

„We moeten het vuur aansteken," zei ik. „We moeten het snel doen."

Plotseling greep Kensuki mijn arm vast. „Het is dezelfde boot, Maika-san. De doders zijn terug. Ze schieten de gibbonmoeders dood en stelen de baby's. Ze zijn teruggekomen. Ik weet het heel zeker. Die boot vergeet ik niet. Ik vergeet hem nooit. Ze zijn slechte mensen. We moeten snel zijn. We moeten alle orang-oetans zoeken en naar de grot brengen. Daar zijn ze veilig."

Kensuki had niet veel tijd nodig om de orang-oetans te verzamelen. Terwijl we het bos inliepen, begon hij gewoon te zingen. Ze verschenen uit het niets, met twee of drie tegelijk, tot we er vijftien hadden. We misten er nog vier. We liepen steeds verder het bos in om ze te zoeken en Kensuki zong aan één stuk door. Toen kwamen er nog drie door de bomen naar ons toe. Tomodachi was erbij. Alleen Kikanbo ontbrak nog.

Kensuki bleef op een open plek in het bos staan, met de orang-oetans om zich heen, en probeerde Kikanbo te lokken met zijn gezang, maar Kikanbo kwam niet. Ergens op zee hoorden we een motor starten, een buitenboordmotor. Kensuki zong nog harder en dringender. We luisterden of we Kikanbo hoorden, en we keken om ons heen. We riepen hem.

„We kunnen niet meer wachten," zei Kensuki ten slotte. „Ik ga voorop, Maika-san, en jij achteraan. Neem de laatste mee. Snel." Hij liep weg over het pad, met een van de orang-oetans aan de hand, en bleef zingen. Terwijl we achter hem aanliepen, moest ik aan de rattenvanger van Hamelen denken die de kinderen met muziek meelokte.

Ik moest hard werken achteraan. Sommige van de jongere orang-oetans speelden liever verstoppertje dan gewoon mee te lopen. Uiteindelijk moest ik er twee optillen en dragen, onder elke arm één. Ze waren een stuk zwaarder dan ze leken. Ik keek telkens over mijn schouder of ik Kikanbo zag, en ik riep hem, maar hij kwam nog steeds niet.

De buitenboordmotor werd uitgezet. Ik hoorde stemmen, harde stemmen, mannenstemmen, gelach. Ik rende nu en de orang-oetans klampten zich vast aan mijn nek. Om me heen gilde en krijste het oerwoud in paniek.

Toen ik de grot bereikte, hoorde ik de eerste schoten knallen. Alle vogels en vleermuizen uit het bos vlogen op. De krijsende hemel zag er zwart van. We verzamelden de orang-oetans achter in de grot en zaten daar dicht op elkaar in de duisternis, terwijl het schieten verderging.

Tomodachi was het onrustigst, maar ze hadden allemaal troost en steun van Kensuki nodig. Gedurende de hele vreselijke nachtmerrie zong Kensuki zachtjes voor ze.

De jagers kwamen dichterbij, steeds dichterbij. Ze schoten en schreeuwden. Ik sloot mijn ogen en bad. De orang-oetans jammerden hardop, alsof ze met Kensuki meezongen. Al die tijd lag Stella aan mijn voeten, met een gegrom in haar keel. Ik hield voor de zekerheid haar nekvel vast. De jonge orang-oetans begroeven hun kop onder mijn armen, onder mijn knieën, waar ze maar konden, en klampten zich aan me vast.

De schoten knalden nu heel dichtbij. Ze spleten de lucht en galmden door de grot. In de verte klonk triomfantelijk geschreeuw. Ik wist maar al te goed wat dat betekende.

Daarna trok de jacht weg. We hoorden geen stemmen meer, alleen nog af en toe een schot. En toen niets meer. Het bos was stil geworden. We bleven urenlang waar we waren. Ik wilde gaan kijken of ze weg waren, maar Kensuki hield me tegen. Hij zong nog steeds en de orang-oetans bleven om ons heen zitten, tot we de buitenboordmotor hoorden starten.

Ook toen moest ik van Kensuki nog een tijdje wachten. Toen we eindelijk naar buiten gingen, was de jonk al een heel eind de zee op gevaren.

We zochten overal op het eiland naar Kikanbo. We zongen, we riepen, maar hij was nergens te bekennen. Kensuki was wanhopig. Hij was ontroostbaar. Hij ging er in zijn eentje op uit en ik liet hem gaan. Kort daarna vond ik hem, knielend bij de lijken van twee gibbonmoeders. Hij huilde niet, maar dat had hij wel gedaan. Hij keek bedroefd en verbijsterd. We groeven een kuil in de zachte aarde aan de rand van het bos en legden de gibbons erin. Ik kon niets zeggen en Kensuki kon niet zingen.

Terwijl we bedroefd langs het strand naar huis liepen, gebeurde het. Opeens kwam Kikanbo aanstormen. Hij rende uit het bos naar ons toe, gooide met zand, klom toen langs Kensuki's been omhoog en sloeg zijn armen om zijn nek. Het was een heerlijk moment.

's Avonds bij de vissoep zongen Kensuki en ik een heleboel keren heel hard 'Ik zag twee beren broodjes smeren'. Het was een soort herdenking voor de twee dode gibbons, en tegelijk een vreugdelied omdat Kikanbo nog leefde. Het leek of het bos buiten ons gezang beantwoordde.

Maar de volgende weken zag ik dat Kensuki piekerde over de vreselijke gebeurtenissen van die dag. Hij begon achter in de grot een kooi van stevig bamboe te maken om de orangoetans veilig te kunnen opsluiten als de jagers ooit terugkwamen. Hij praatte er aldoor over dat hij het eerder had moeten doen, dat hij het zichzelf nooit zou hebben vergeven als ze Kikanbo hadden meegenomen, en dat hij zou willen dat de gibbons ook kwamen als hij zong, zodat hij die ook kon redden. We hakten takken en struiken in het bos en legden ze bij de ingang van de grot om die te kunnen verbergen als het nodig was.

Kensuki werd heel zenuwachtig en bezorgd. Hij stuurde me vaak met de verrekijker naar de top van de heuvel om te kijken of de jonk terugkwam. Maar in de loop der tijd, toen het directe gevaar voorbij leek, werd hij weer meer zichzelf. Toch voelde ik dat hij altijd op zijn hoede en een beetje gespannen was.

Doordat hij nu zoveel van mijn schilderijen bewaarde, begonnen onze schelpen op te raken. Daarom gingen we op een ochtend nieuwe halen. Met ons hoofd omlaag zochten we naast elkaar het strand af. Het was altijd een beetje een wedstrijd als we schelpen gingen zoeken. Wie vond de eerste, de grootste en de mooiste? We waren nog niet lang bezig en we hadden nog geen van beiden een schelp gevonden, toen ik merkte dat hij stilstond.

„Maika-san," zei hij ademloos, en hij wees met zijn stok naar de zee. Er was daar iets. Het was wit, maar het was te scherp omlijnd om een wolk te kunnen zijn.

We hadden de verrekijker thuisgelaten. Met Stella keffend achter me aan rende ik terug over het strand en het pad op naar de grotwoning. Ik greep de verrekijker en haastte me naar de top van de heuvel. Een zeil! Twee zeilen. Twee witte zeilen. Ik rende met grote sprongen de helling af, terug naar de grot, en trok een brandende stok uit het vuur. Toen

ik weer boven bij de houtstapel kwam, was Kensuki er ook al. Hij nam de verrekijker van me over en keek zelf.

„Mag ik hem aansteken?" vroeg ik. „Mag het?"

„Ja, Maika-san," zei hij. „Ja."

Ik stak de brandende stok diep in de houtstapel, tussen de droge bladeren en dunne takjes binnenin. Ze begonnen bijna meteen te branden en even later klommen de vlammen snel omhoog langs het hout. De wind blies ze naar ons toe en we deinsden terug voor de plotselinge hitte. Ik was teleurgesteld dat er zoveel vlammen waren. Ik wilde geen vlammen, maar rook. Ik wilde rookwolken die hoog opstegen.

„Maak je geen zorgen, Maika-san," zci Kensuki. „Ze zien het beslist. Wacht maar."

We keken om de beurt door de verrekijker. Het zeilschip was nog steeds niet gekeerd. Ze hadden het niet gezien. De rookwolken stegen op naar de hemel. Wanhopig gooide ik steeds meer hout op het vuur, tot het een vlammenzee was die een heleboel rook voortbracht.

Toen ik bijna al het hout erop had gegooid dat we hadden verzameld, zei Kensuki plotseling: „Hij komt, Maika-san. Ik geloof dat de boot komt."

Hij gaf me de verrekijker. De zeilboot veranderde van koers. Hij was beslist aan het keren, maar ik kon niet zien of hij onze kant op kwam, of juist van ons af voer.

„Ik weet het niet," zei ik. „Ik kan het niet goed zien."

Hij nam de verrekijker van me over. „Geloof me, Maika-san, hij komt deze kant op. Ze hebben ons gezien. Ik weet het zeker. Hij komt naar ons eiland."

Even later, toen de wind de zeilen liet opbollen, wist ik dat hij gelijk had. We omhelsden elkaar daar op de heuveltop naast het hoog oplaaiende vuur. Ik sprong als een bezetene op en neer, en Stella werd ook helemaal gek. Telkens als ik door de verrekijker keek, was de boot dichterbij.

„Het is een groot zeilschip," zei ik. „Ik kan de vlag niet zien. Ze heeft een donkerblauwe romp, net als de 'Peggy Sue'." Terwijl ik het zei, begon ik voor het eerst te hopen dat ze het echt was. Daarna ging ik het geloven, en toen wist ik het zeker. Ik zag een blauwe pet, de pet van mijn moeder. Ze waren het! Ze waren het!

„Kensuki!" riep ik, terwijl ik door de verrekijker bleef kijken. „Kensuki, het is de 'Peggy Sue'. Echt waar. Ze komen me halen. Ze komen me halen!" Maar Kensuki gaf geen antwoord. Toen ik omkeek, ontdekte ik dat hij er niet meer was.

Ik vond hem bij de ingang van de grot. Hij zat met mijn voetbal op zijn schoot. Hij keek naar me op en door de blik in zijn ogen wist ik al wat hij ging zeggen.

Hij stond op, legde zijn handen op mijn schouders en keek me diep in de ogen. „Luister goed naar me, Maika-san," zei hij. „Ik ben te oud voor die nieuwe wereld waarover je me hebt verteld. Het is een opwindende wereld, maar het is niet mijn wereld. Mijn wereld was Japan, lang geleden. En nu is dit mijn wereld. Ik heb er lang over nagedacht. Als Kimi en Michiya nog leven, denken ze dat ik al heel lang dood ben. Als ik naar huis ga, ben ik een spook uit het verleden. Ik ben niet meer dezelfde, en zij ook niet. Bovendien heb ik hier een familie, de orang-oetans. Misschien komen de jagers terug.

Wie zorgt er dan voor ze? Nee, ik blijf op mijn eiland. Dit is mijn wereld. Dit is het Rijk van Kensuki. Een keizer moet in zijn rijk blijven en voor zijn volk zorgen. Een keizer vlucht niet. Dat is niet eervol."

Ik begreep dat het geen zin had om te smeken, argumenten te verzinnen of te protesteren. Hij hield zijn voorhoofd tegen het mijne en liet me huilen.

„Ga nu," zei hij. „Maar voordat je gaat, moet je me drie dingen beloven. Ten eerste dat je elke dag van je leven zult schilderen, zodat je op een dag een groot kunstenaar bent zoals Hokusai. Ten tweede dat je soms, misschien zelfs vaak, aan me zult denken, als je weer thuis bent in Engeland. Denk aan me als je naar de vollemaan kijkt. Dan zal ik aan jou denken, en vergeten we elkaar nooit. Ten slotte moet je me iets beloven dat heel belangrijk is voor mij. Het is heel belangrijk dat je niets over mij vertelt. Je bent zelf op dit eiland terechtgekomen en je hebt hier alleen geleefd. Begrijp je? Ik was er niet. Na tien jaar mag je zeggen wat je wilt. Dan zijn er alleen nog botten van me over. Dan geeft het niet meer. Maar ik wil niet dat ze me komen zoeken. Ik blijf hier. Ik leef hier in vrede. Zonder mensen. Met mensen geen vrede. Begrijp je? Bewaar je mijn geheim, Maika? Beloof je het?"

„Ik beloof het," zei ik.

Hij glimlachte en gaf me mijn voetbal. „Neem je voetbal mee. Je kunt goed voetballen, maar je kunt veel beter schilderen. Ga nu." Met zijn arm om mijn schouder leidde hij me naar buiten. „Ga nu," zei hij. Ik liep maar een klein stukje en draaide me toen om. Hij stond nog bij de ingang van de grot.

„Ga nu, alsjeblieft." Hij boog naar me. Ik boog terug. „Sayonara, Maika-san," zei hij. „Het was een grote eer je te kennen, de grote eer van mijn leven."

Ik kon niets terugzeggen.

Verblind door mijn tranen rende ik het pad af. Stella kwam niet meteen, maar tegen de tijd dat ik de rand van het bos had bereikt, had ze me ingehaald. Ze stormde het strand op en blafte naar de 'Peggy Sue', maar ik bleef verborgen in de schaduw van de bomen en huilde tot ik niet meer kon. Ik keek hoe de 'Peggy Sue' kwam aanvaren. Ik zag mijn vader en moeder aan boord. Ze hadden Stella nu gezien en riepen naar haar. Ze was door het dolle heen en blafte zo hard ze kon. Ik zag het anker vallen.

„Vaarwel, Kensuki," fluisterde ik. Ik haalde diep adem en rende wuivend en roepend het strand op.

Spattend liep ik door het ondiepe water naar hen toe. Mijn moeder huilde en omhelsde me tot ik dacht dat ze me zou fijnknijpen.

„Ik zei toch dat we hem zouden vinden?" zei ze telkens. „Ik zei het toch?"

Het eerste wat mijn vader zei was: „Hallo, apenkop."

Mijn vader en moeder hadden bijna een jaar naar me gezocht. Niemand wilde hen helpen, want niemand geloofde dat ik nog leefde. Het was een kans van minder dan één op de miljoen, zeiden ze. Mijn vader gaf later toe dat hij ook had gedacht dat ik dood was. Maar mijn moeder niet. Voor haar leefde ik nog. Ik móést nog leven. Dat wist ze gewoon zeker.

Dus waren ze van eiland naar eiland gevaren. Ze waren blijven zoeken, tot ze me vonden. Het was geen wonder, maar gewoon vertrouwen.

Nawoord

Vier jaar nadat dit boek voor het eerst was verschenen, ontving ik deze brief.

Beste Michael,

Vergeef me alsjeblieft mijn slechte Engels. Mijn naam is Michiya Ogawa. Ik ben de zoon van dokter Kensuki Ogawa. Tot ik je boek las, dacht ik dat mijn vader in de oorlog was omgekomen. Mijn moeder is pas drie jaar geleden gestorven, terwijl ze dat nog steeds dacht. Zoals je in het boek schrijft, woonden we in Nagasaki, maar we hadden veel geluk. Toen de bom viel, waren we op het platteland om een paar dagen bij mijn grootmoeder te logeren. Dus hebben we het overleefd.
Ik herinner me niets van mijn vader. Er zijn alleen een paar foto's en jouw boek. Ik zou graag met iemand praten die mijn vader zo goed heeft gekend als jij. Misschien kunnen we elkaar op een dag ontmoeten. Ik hoop het.

Met vriendelijke groeten,
Michiya Ogawa

Een maand nadat ik deze brief had ontvangen, ging ik naar Japan en ontmoette daar Michiya. Hij lacht precies zoals zijn vader.

Michael Morpurgo

De Engelsman Michael Morpurgo werkte na zijn studie lange tijd als leraar. Nu woont hij in Devon (Zuid Engeland) en deze omgeving vormt vaak de achtergrond van zijn verhalen. Maar niet alleen het platteland en de boerderij waar hij woont geven hem stof tot schrijven, ook andere delen van Engeland die hij heeft bereisd, zoals de Scilly Islands en Cornwall, inspireren hem. Met zijn vrouw Clare heeft hij een organisatie opgezet die 'Farms for City Children' (Boerderijen voor Kinderen uit de Stad) heet. Deze instelling heeft tot doel om stadskinderen die nooit met vakantie gaan tijdens het schooljaar een week op het platteland te laten wonen. Overdag werken ze als echte boeren op het land, ze verzorgen de moestuin en voeren de dieren. 's Avonds wordt er gezongen, gedanst en worden er spelletjes gedaan, en aan het eind van de week is er een groot kampvuur en worden er griezelige verhalen verteld. Soms heeft Michael Morpurgo even genoeg van het melken van de koeien, het voeren van de schapen en varkens, en het uitmesten van stallen. Dan trekt hij zich terug in zijn schuur om boeken te schrijven. Voordat zijn boeken en verhalen worden uitgegeven, leest hij ze voor aan de kinderen die op de boerderij logeren. Hij luistert goed naar hun op- of aanmerkingen en herschrijft soms zijn teksten. Pas als Michael Morpurgo zeker weet dat niet alleen hij, maar ook de kinderen zijn werk goed vinden, stuurt hij zijn manuscript naar de uitgever.

'Oorlogspaard' en 'Waarom kwamen de walvissen?' werden verfilmd. Dit laatste boek kreeg in ons land een Vlag en Wimpel.

Michael Morpurgo
De man uit het niets

Als een schim uit het verleden was
Cessies grootvader daar opeens, zomaar uit het niets, om haar leven
voor altijd te veranderen. Het verhaal dat hij bij zich draagt, is al even
schimmig: hij kan zich slechts flar-
den van zijn leven herinneren. Ces-
sie helpt hem zijn verleden te ont-
rafelen. Er blijft echter nog één
vraag onbeantwoord...

ISBN 90 216 1851 6

Odo Hirsch
De ijsreis

De 'Gouden Bei' snijdt door het
poolwater, terwijl ijsschotsen de
boeg doen kraken. Aan boord van
het schip is Bart: ontdekkingsreizi-
ger met een opdracht van de koningin. Het is niet alleen de onbenul-
ligste opdracht die hij ooit heeft
gekregen, maar ook de onmogelijk-
ste. Zal Bart erin slagen de wens
van de koningin te vervullen? En zal
hij ook op tijd zijn?

ISBN 90 216 1572 X